스켈레톤 마스터

WISHBOOKS GAME FANTASY STORY

더페이서 게임 판타지 장편소설

스켈레톤 마스터 9

더페이서 게임 판타지 장편소설

초판 1쇄 찍은 날 | 2019년 2월 21일
초판 1쇄 펴낸 날 | 2019년 2월 28일

지은이 | 더페이서
펴낸이 | 예경원

기획 | 위시북스
편집책임 | 이규재
편집 | 위시북스

펴낸곳 | 예원북스
등록번호 | 제396-2012-000132호
등록일자 | 2012. 7. 25
KFN | 제1-373호

주소 | 경기도 고양시 일산동구 호수로 646-24 위너스21II빌딩 206A호 (우)10401
전화 | 031-819-9431 팩스 | 031-817-9432
E-mail | yewonbooksnaver.com

ISBN 979-11-6424-138-5 04810
979-11-89348-43-4 (set)

※ 이 도서의 국립중앙도서관 출판시도서목록(CIP)은 서지정보유통지원시스템 홈페이지(http://seoji.go.kr)와 국가자료공동목록시스템(http://www.nl.go.kr/kolisnet)에서 이용하실 수 있습니다.

스켈레톤 마스터
9
WISHBOOKS GAME FANTASY STORY
더페이서 게임 판타지 장편소설
Wish Books

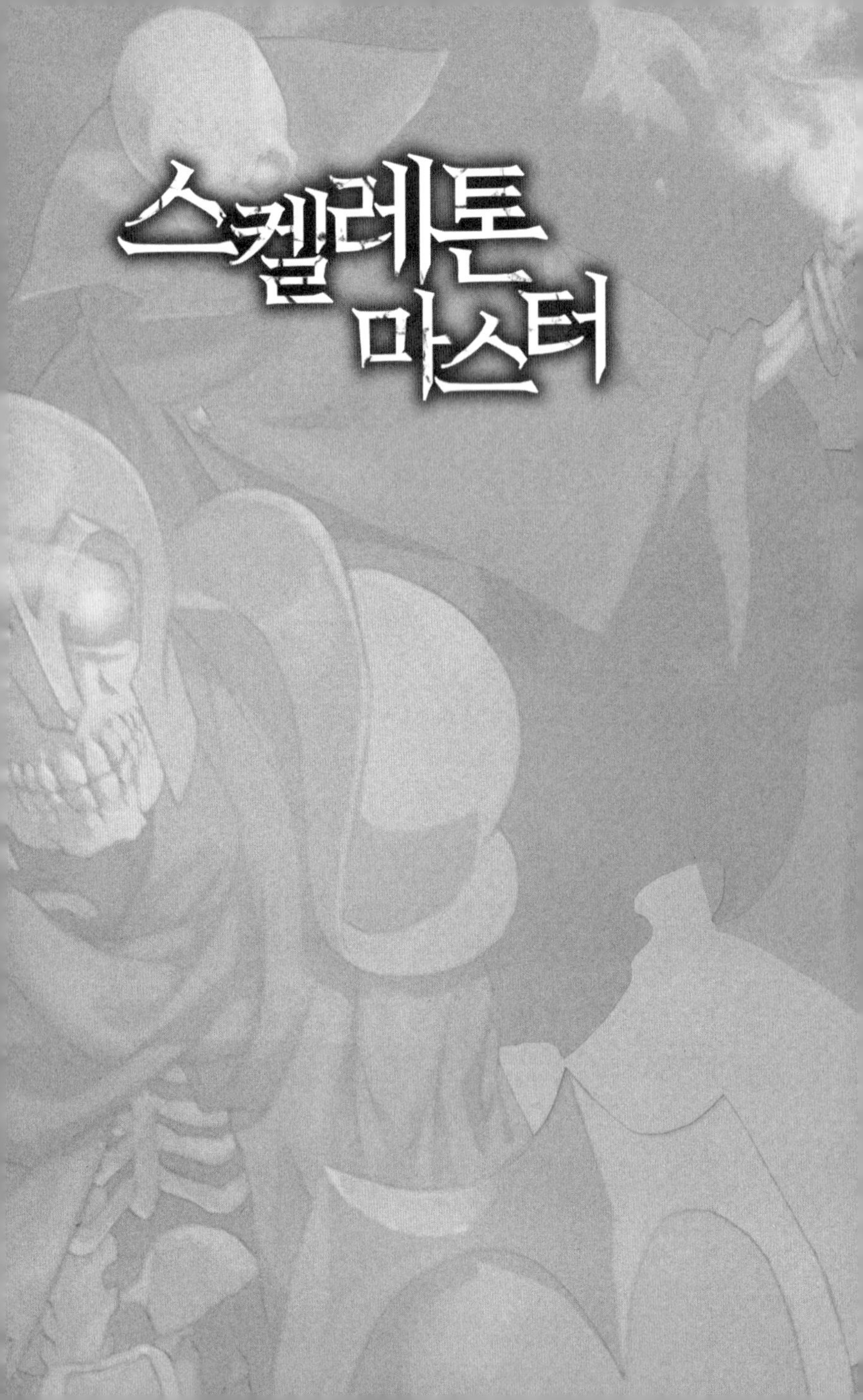
스켈레톤
마스터

✦✦✦ CONTENTS ✦✦✦

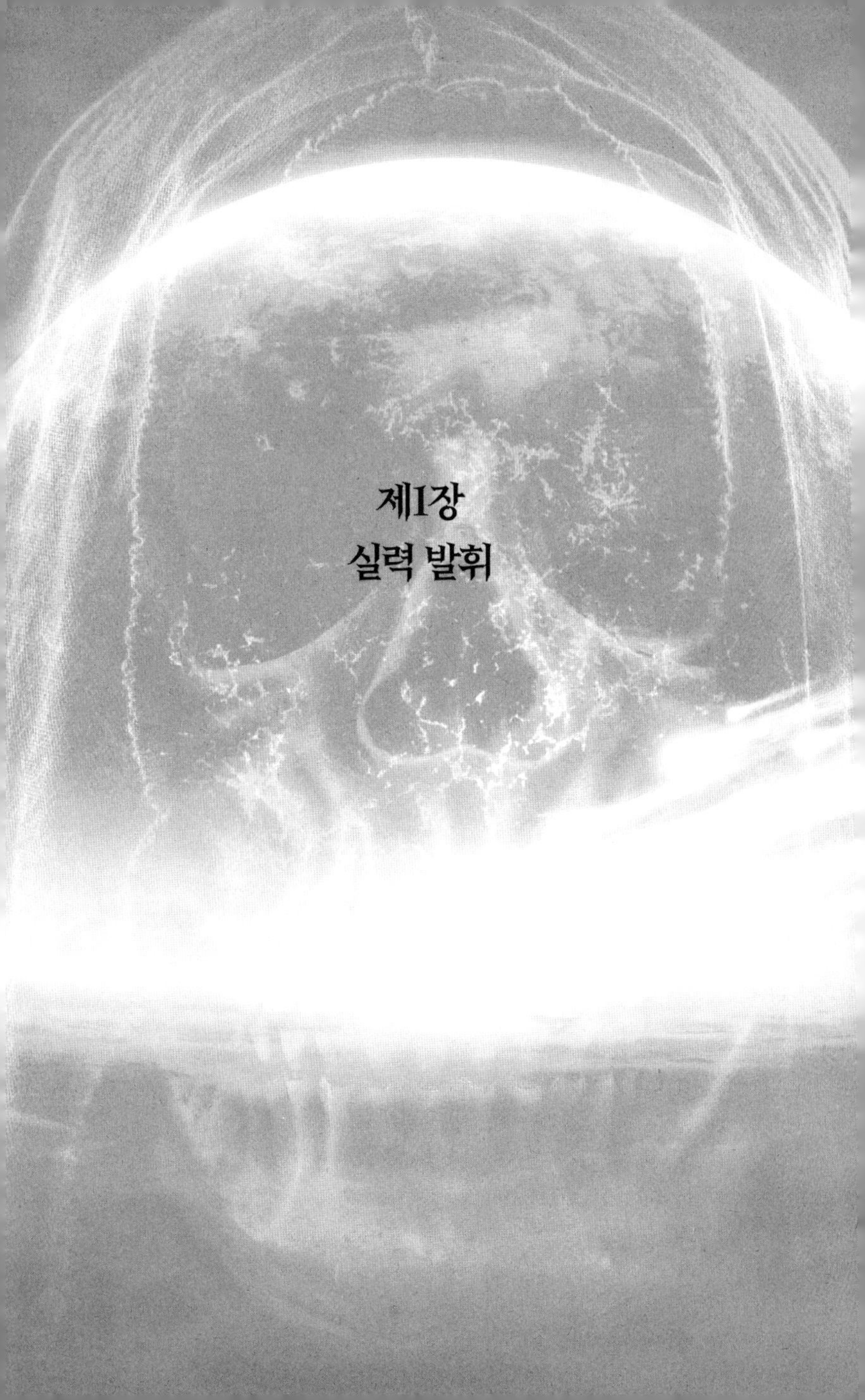

제1장

실력 발휘

해설이 이어졌다.

-참고로 본선에서도 물약이나 각종 주문서, 혹은 독과 같은 물품들을 사용할 수 있는데요.

-맞습니다. 다만 본선 대회를 통틀어서 딱 세 번으로 제한을 뒀죠. 그래서 신중하게 기회를 엿보고 있을지도 모르겠군요. 두 선수 모두 보조 아이템을 사용한 적이 없습니다.

-공통점이 꽤 있군요.

-그래서 더 흥미진진하다고 볼 수 있겠습니다.

-아, 킬리만자로 선수, 벌써 아머나이트가 꽤 가까워졌거든요. 아직까지도 움직이지 않고 있어요. 어쩌려는 걸까요?

킬리만자로가 화살을 날려보지만.

탕, 타다당!

방패로 막아내는 아머나이트로 인해서 큰 피해를 주지 못하고 있었다. 그 와중에 조금씩 거리를 좁히는 스켈레톤들의 모습은 아슬아슬한 긴장감을 선사하고 있었다.

보는 이로 하여금 절로 집중하게 만들었다.

"으, 으아……."

TV를 보는 성민우 역시 마찬가지였다.

이, 이기는 건가?

누가 봐도 무혁이 유리했다. 하지만 킬리만자로 역시 지금까지 압도적으로 이기며 올라온 유저였다. 뭔가 강력한 수를 숨기고 있을 것이 분명했다.

-아머나이트, 지척까지 도달했거든요!

-킬리만자로 선수, 과연 어떻게 대응을 할까요?

모두의 시선이 집중된 가운데 킬리만자로의 손이 멈췄다.

스윽.

어깨에 메고 있던 통에서 화살 한 대를 꺼냈다.

-아, 큽니다. 커요!

지금까지 사용한 화살보다 훨씬 굵고 긴 화살을 시위에 걸자 그 주변으로 보랏빛 기운이 넘실거리기 시작했다. 킬리만자로는 여전히 무심한 표정으로 코앞까지 도달한 아머나이트를 바라보았다. 그리고 서두르지 않고 시위를 놓는 그였다.

파앙!

보랏빛으로 물든 화살이 뻗어 나갔다.

다가오던 뼈 화살을 모두 튕겨낸 것으로도 모자라서 아머나이트의 방패까지 가격했다. 강력하면서도 위협적인 폭발과 함께 그 충격을 버티지 못한 아머나이트가 뒤로 날아갔다.

문제는 아직도 화살이 힘을 잃지 않았다는 사실이었다. 화살은 길을 막아서는 스케렐톤을 집어삼켰다. 아머나이트는 물론, 아마어처에게까지 피해가 닿았다.

-아아, 스켈레톤 다섯 마리가 허무하게 사라졌어요!

-그것도 일반 스켈레톤이 아니라 아머 스켈리톤이거든요. 귀중한 전력을 잃었다고 볼 수 있겠습니다.

-하지만 끝난 게 아니에요!

-또다시 화살을 시위에 거는 킬리만자로 선수입니다!

이번에는 푸른빛을 머금은 화살을 쏘아 보냈다.

푸른빛의 화살은 나아가는 족족 그 주변을 모두 얼려 버리기 시작했다. 스켈레톤 역시 얼어버렸고 뒤이어 날아온 일반 화살 몇 대가 스켈레톤의 신체를 부서뜨렸다.

-엄청난 공격입니다!

-이번에는 뭔가요, 붉은빛의 화살이에요!

-또다시 아머 스켈레톤이 사라졌네요.

-아, 이번에는 녹색의 빛입니다!

-정말 끝이 없군요.

-그렇다고 킬리만자로 선수가 유리한 건 아니죠?

그렇습니다. 여전히 스켈레톤은 많거든요! 그런데 저건 무슨 상황인가요? 지금 막 킬리만자로 선수의 근처까지 도달한 아머 스케렐톤 한 마리가 갑자기 춤을 추기 시작하는데요?

-저 춤, 정보에 있습니다.

-무슨 춤이죠?

-기파를 쏘아 보내기 전에 추는 춤이라는군요.

-기파라면……?

-균형을 잃게 만드는 기술이라는군요.

-오, 상당히 좋은 기술인데요?

마침 부르탄이 기파를 쏘았다.

키아아아아악!

넓은 범위를 지녔기에 킬리만자로를 휩쓸었지만 그는 휘청거리지 않았다. 방패로 막아버린 것이었다.

-잘 막았습니다.

-하지만 스컬 스네이크까지 신경 쓰진 못한 모양입니다.

바닥을 기어 다니던 스컬 스네이크 한 마리가 뛰어올랐다.

-킬리만자로 선수, 미간을 찌푸렸어요.
-아, 전혀 움직이지 못하고 있어요!
-그사이 무차별적으로 공격을 퍼붓는 스켈레톤입니다!

쾅, 콰과과과광!

-이거, 위험한데요?

그 순간 바람이 흩날리고 킬리만자로의 모습이 드러났다.
꽤나 큰 충격을 받은 모양새였다.

-마비가 풀린 모양이에요.
-결국 뒤로 물러납니다.
-처음이에요, 처음! 본선에 올라 처음으로 자리를 이동한 킬리만자로 선수입니다!
-그 일을 무혁 선수가 해냈군요.
-그런데 네크로맨서에게 있어서 천적은 궁수 아닌가요?
-그렇습니다. 궁수가 소환사를 노리면 사실 막아내기가 쉽지가 않거든요. 그런데 소환사 입장에서도 궁수가 그리 어렵지 않을 수도 있어요. 소환수가 저렇게 많으면 사실 궁수가 아무리 화살을 날려대도 그리 두렵지 않을 테니까요.

-천적을 넘어서는 천적이군요.

전투는 여전히 진행 중이었다. 한 번 움직인 탓일까. 킬리만자로는 더 이상 자리를 지키지 않았다. 가벼운 스텝으로 이리저리 돌아다니며 화살을 날려대는데 움직임이 빨라서 스켈레톤들의 공격이 그에게 닿지 않고 있었다.

가만히 지켜보던 무혁이 사라진 건 그 순간이었다.

-아, 저기……!

-왜 그러시죠?

-무, 무혁 선수가 없어졌습니다!

은신을 사용한 것이리라.

그래, 은신이 있었지. 저 자식!

승리가 가까워진 것 같았다.

"이겨라, 이겨."

꽤 기다려도 무혁은 나타나지 않았다.

"후아."

성민우는 긴장이 조금 풀리는 것을 느끼며 앞에 놓인 과자를 집어 먹었다. 무혁이 먼저 킬리만자로를 공격하지 않는 이상은 그 위치가 드러나지 않으리라. 물론 공격을 당해도 드러나긴 하겠지만 그게 쉽지는 않은 일이니까.

-킬리만자로 선수 당황한 표정입니다. 은신을 같은데요. 조폭 네크로맨서가 은신 스킬도 사용할 수 있었던가요?

-음, 아마도 아닐 겁니다. 아이템의 힘이 아닐까 싶군요.

-그래도 놀랍네요. 예선전을 거쳐서 본선까지, 은신을 사용했던 적이 있던가요?

-음, 잠시만요.

화면이 사회자를 비췄다. 서류를 찾고 있었다.

-여기 있네요. 예선전에서 한 번 사용한 적이 있다고 나오는군요.

-아, 그랬군요. 본선에서는 처음인가요?

-네, 본선에서는 처음입니다.

-그 말은, 지금까지 아껴왔다는 이야기군요.

-아직 얼마나 더 많은 것을 숨기고 있을지 모르겠네요.

무혁이 사라졌음에도 스켈레톤은 여전히 분주했다. 곳곳에서 킬리만자로와 스켈레톤들의 부딪힘이 이어지는 가운데.

-아, 나, 나타났습니다!

킬리만자로의 등 뒤였다.

서걱.

검을 휘두른 무혁은 이미 킬리만자로에게 충분히 피해를 입힌 상태였다.

풍폭과 십자베기. 두 가지 기술이 들어갔으니 말이다.

"흐압!"

놀란 킬리만자로가 다급히 활을 휘둘렀지만 무혁은 윈드 스텝을 사용해 피해낸 후 그의 품으로 파고들었다. 킬리만자로가 스텝을 이용해 빠르게 거리를 벌리려고 해도 무혁이 허용하지 않았다. 이미 아머나이트로 예상되는 이동 경로를 모두 차단한 상태였으니까.

"그래, 끝내라!"

성민우가 외쳤다. 괜히 빌미를 줄 필요가 없었다.

"좋아!"

무혁 역시 그 사실을 아는지 쉴 새 없이 킬리만자로를 몰아붙였다.

-아, 밀어붙입니다!

-일방적이에요!

하지만 역시 킬리만자로는 실력이 있었다. 접근전이 상당히 불리할 것임에도 불구하고 어떻게 해서든 거리를 만들어 화살을 쏘아대고 있었으니까.

-그래도 그냥 질 수는 없죠! 킬리만자로선수, 거리를 만들어

스킬을 퍼붓고 있습니다! 어마어마한 파괴력입니다만 무혁 선수, 교묘하게 움직이며 아머나이트를 방패로 삼네요!

-퇴로까지 차단해서 킬리만자로 선수가 피할 곳이 없죠. 남은 건 공격뿐이거든요.

-문제는 그 공격이 너무 무섭다는 겁니다.

-무혁 선수도 여유를 부릴 때가 아니네요.

-아무래도 그렇죠. 화살을 완벽하게 피할 순 없으니까요. 이미 공격을 몇 번 허용한 상태입니다. 킬리만자로 선수의 피해가 더 크다는 건 부정할 수 없는 사실이긴 합니다만.

하지만 시간이 흐를수록 무혁이 더 유리해졌다. 압도적인 수의 스켈레톤은 궁수로서는 넘어서기 힘든 영역이었다. 소환사를 집중적으로 노려야 할 궁수에게 무혁은 참으로 까다로웠으니까.

높은 힘, 민, 체력 스탯. 게다가 자유롭게 바뀌는 검과 활을 이용한 근거리, 원거리 공격. 윈드 스텝을 활용한 재빠른 움직임. 풍폭을 활용한 추가 대미지……. 지휘력도 뛰어났다.

스켈레톤의 뒤로 숨어 피해를 줄이고 스켈레톤을 움직여 경로를 차단하는 상황에서도 움직임이 자연스러웠다. 홀로 50마리가 넘는 스켈레톤을 처치한 킬리만자로였지만 더 이상은 무리였다.

"하, 이거, 참."

그가 허탈하게 웃었다.

-아, 끝났습니다!
-8강전에 진출하게 된 무혁 선수입니다!

무혁의 승리를 시작으로 16강전이 빠르게 진행되었다. 오래 지나지 않아 8강전에 오른 이들이 확정되었는데 그들의 면면이 모두 화려했다.

조폭 네크로맨서, 무혁. 기사, 뮬란. 무투가, 거스.

쉐도우 댄서, 아스라한. 숨은 실력자, 검객 미야모토.

드루이드, 태산. 쉐도우 아처, 아레스.

마지막으로 랭킹1위, 성기사 다크.

거기서 재밌는 상황이 연출되었다.

한때는 게임 강국이라 불렸던 대한민국.

-아, 무혁 선수밖에 없는 거죠?
-그러고 보니…… 우리나라의 유일한 선수로군요.

인형술사, 아데온. 광기의 전사, 에스카. 루돌프까지.

무혁과 인연이 있던 자 대부분이 탈락했다.

뭐, 그 녀석은 남았지만. 아스라한.

생각만으로도 미간이 찌푸려졌다. 고개를 휘저으며 상념을 지웠다. 눈앞에 있는 상대에게 집중해야 할 때였으니까.

뮬란이라. 솔직히 들어본 적이 없는 이름이었다. 생김새도 처음 보는 자의 그것이었고.

"시작!"

하지만 방심하지는 않았다. 곧바로 스켈레톤을 불러내었고 전력을 다해 그를 압박했다.

"크윽!"

그런데 뮬란이 제대로 대처를 하지 못했다.

뭐야?

상대적으로 쉬운 대진표로 여기까지 올라온 유저인 모양이었다. 그렇다면야 어려울 것도 없었다.

쾅, 콰과과광!

거대한 폭발과 함께.

"무혁, 승리!"

가볍게 4강에 오른 무혁이었다. 뮬란을 상대로 압도적인 승리를 거둔 무혁의 모습이 곳곳에서 생방송되고 있었다.

"크, 역시 우리나라야."

"그러니까 내가 무혁 응원하자고 했잖아."

"투구를 쓰고 있는데 어느 나라 선수인지 알 수가 있나."

"이제라도 알았으니 응원하라고."

"당연하지."

좀 아쉽기는 했다.

"한 명이 전부라며?"

"우리나라 선수?"

"어."

"쩝. 그래도 압도적이니까."
"맞아. 방금도 쉽게 이겼잖아. 결승은 오르지 않을까?"
"당연하지! 그 어마어마한 스켈레톤의 수를 보라고!"
아시아인의 대륙, 포르마. 중국, 인도, 일본, 대한민국, 등. 20억에 달하는 인구수를 가진 땅에서 최강자전이 열렸다. 그런 대회에서 대한민국 선수가 4강에 올랐고, 충분히 화제가 될법했다. 일루전을 즐기지 않는 이들도 관심을 가지게 되었다, 마치 올림픽이나 월드컵처럼.

-무혁 선수, 대기실로 향합니다.
-아주 자랑스럽네요.

멀어지는 무혁의 뒷모습이 화면을 채웠다.

-그럼 이제부터 8강 두 번째 경기를 보도록 하겠습니다.
-선수가 올라오는군요.
-네, 거스와 아스라한 선수군요.
-거스는 이미 최상위 랭커로 유명하죠. 잔혹한 무투가로 불리기도 하고요. 반면에 아스라한은 선수는 이름이 잘 알려지지 않은 것으로 알고 있는데요.
-맞습니다. 운이 좋다는 평가를 많이 받고 있죠. 실력 자체는 무난하다는 느낌도 사실이고요.
-과연 이번에는 어디까지 그 운이 통할지 궁금하군요.

심사관의 모습이 보이고 대결이 속행되었다.
"시작!"
파밧! 아스라한이 먼저 움직였다.

-아스라한 달려듭니다. 거스 가볍게 자세를 취하죠?
-네, 전혀 피할 생각이 없어 보이는군요.
-잔혹한 무투가가 그럴 리가요.

거스의 지척에 도달한 아스라한이 단검을 휘둘렀다.
거스는 강철로 된 장갑으로 그 단검을 막아내면서 남은 한 손으로는 복부를 노렸다.

-어?
-아스라한 선수, 없어졌어요!
-아니, 아니에요. 뒤에서 나타났습니다!

거스는 침착하게 대응했다.

-하지만 통하지 않아요!
-거스 선수, 아스라한 선수를 무차별적으로 공격합니다!

거스와 부딪히는 순간 아스라한은 거스의 그림자에 숨어버렸다. 동시에 거스의 뒤쪽에 분신을 만들었다. 아무리 거스가 대단하다고 하더라도 이 수법을 눈치채진 못할 것이다. 대진운이 좋아서 지금까지 기술을 아낀 덕분이었다.

이제는 아낀 기술을 토대로 눈앞에 있는 최상위 랭커를 무너뜨릴 때였다. 무혁과 싸우기 위해 참가했으니까. 여기서 승리하면 된다. 그럼 전력을 다해 그와 붙을 수 있다. 그러니 내가 이긴다.

아스라한은 분신을 공격하는 거스를 그림자에 숨어 지켜봤다.

시간이 흘렀다. 그림자에 숨은 시간에 따라 피해량이 증가했고 그 정도가 만족스러울 정도까지 차올랐다.

[피해량이 증가합니다.]

[피해량이…….]

더 기다릴 필요가 없었다.

"흐아아압!"

그때 거스가 분신을 마무리 지었다.

지금. 그 틈을 노리며 아스라한이 그림자 속에서 나타났다. 단검에 세 가지의 빛이 절묘하게 어우러지며 거스의 뒤쪽 옆구리에 꽂힘과 동시에 단번에 폭사되었다.

100퍼센트 크리티컬, 피해량 상승, 단일 공격 스킬까지.
HP의 30퍼센트 이상은 빼고 시작할 수 있으리라.

[크리티컬이 터집니다.]
[상승한 피해량이 적용됩니다.]

충격이 클 것이다.
"흡……!"
예상대로 거스의 표정이 순간 당혹으로 물들었다.
거스는 다급히 몸을 비틀며 뒤에서 나타난 아스라한을 향해 주먹을 내뻗었다. 풍압이 마치 칼날처럼 변화하며 공간 자체를 짓이겨 버릴 것처럼 날아들었다.
하지만 이미 아스라한은 첫 공격을 성공시킨 후 몸을 뒤로 충분히 뺀 상태였다.
멀어지는 아스라한을 그냥 놓아줄 거스가 아니었다. 빠르게 접근하여 아스라한을 밀어붙이려고 했지만 쉐도우 댄서의 스킬은 생각보다 더 까다로웠다.

-아, 이게 어떻게 된 거죠?
-예상을 뒤엎는 상황이군요. 거스 선수가 일방적으로 밀어붙이다가 끝낼 것이라고 여겼는데 지금 오히려 거스 선수가 몰

리는 기분이에요.

-맞습니다. 정말 생각도 못한 상황입니다.

-직업이 특이한 것 같죠?

-네. 아스라한, 특이한 기술을 많이 선보이고 있어요.

치열한 접전이 이어지는 가운데 분위기가 변화했다.

-어, 그런데…….

-좀 달라졌죠?

-아, 네. 거스 선수, 아스라한 선수의 스킬에 적응을 한 모양입니다.

-네, 확실히 공격이 잘 통하지 않고 있네요.

-게다가 전투 시간이 꽤 흘렀거든요. 이러면 거스 선수의 신체 능력이 꽤 상승했을 거란 말이죠.

-거스 선수의 그 스킬, 정말 대단하죠.

-사실 그 스킬 덕분에 별명이 붙기도 했고요.

-네, 처음에는 비등하다가도 전투가 이어지다 보면 어느새 압도적인 차이가 발생하거든요. 처음엔 그걸 보고서 많은 분이 착각을 했었죠. 거스 선수가 상대 유저를 농락한다든가, 아니면 너무 무시한다든가, 인성이 안 됐다든가.

-그런데 이젠 아닌 걸 알지요.

-그럼요. 단지 거스 선수가 익힌 특별한 스킬의 효과일 뿐이니까요. 전투 시간이 증가할수록 신체 능력 역시 증가하는, 아

주 특별한 스킬 말이죠.

-그래도 아스라한 선수, 잘 상대하고 있어요.

전투는 확실히 팽팽했다. 치열함, 그 자체였다.

하지만 조금씩, 아주 조금씩 거스에게 유리해지고 있었다. 거스는 신체 능력을 바탕으로 압박을 펼치기 시작했다.

"흐아아압!"

"크읍."

둘이 충돌할 때마다 공기가 떨렸다.

쾅, 콰광!

단검과 주먹이 부딪혀서 나는 소리라곤 믿기 어려울 정도였다. 넓은 연무장 곳곳이 번쩍였다.

-정말 대단합니다.

순간 좌중이 고요해졌다. 극도로 집중한 탓이었다.

"아……."

그 순간 울린 탄성. 대결이 끝난 것이다.

한쪽 무릎을 꿇은 채 거친 호흡을 내뱉고 있는 거스. 천천히 무릎을 펼친 그가 승리에 기뻐하며 포효했다.

-아, 결국 거스 선수가 승리했습니다!

-아스라한 선수, 아쉽다는 표정을 숨기지 못하고 있네요.

-정말 대단한 경기였습니다.

곧바로 다음 경기가 이어졌다.
쉐도우 아처 아레스와 숨은 실력자 검객 미야모토.

-검객 미야모토 선수, 대단합니다!

미야모토가 승리를 차지했다. 최상위 랭커 아레스를 이겨버린 것이다. 다음은 드루이드 직업을 가진 유저 태산과 성기사 다크의 대결이었다.

-다크 선수, 압도적이군요.

승리는 당연히 다크의 몫이었다.

-4강 대진표가 완성되었습니다.
-첫 번째 대결은 무혁과 거스. 두 번째는 미야모토와 다크의 대결입니다.

무혁과 거스의 4강이 시작되었다.

-아, 저 스켈레톤들은 몇 번을 봐도 질리지가 않습니다.
-거스 선수가 스켈레톤을 부서뜨리고 있는데요. 아머나이트

의 경우에는 꽤나 버티기도 하는군요.
-버티는 게 가능해진 이상 거스 선수는 난감할 뿐이죠.
-아머아처의 화살도 대처하기가 어렵고요.
-메이지는 또 어떻습니까. 마법 공격이 너무 강력해요!

그때 화면이 잠깐 바뀌었다.

-아스라한 선수군요? 탈락했는데도 지켜보고 있네요.
-그런데 꽤 흡족한 표정인데요?

그들의 말대로였다. 아스라한은 지금 아주 만족스러웠다.
역시 내 선택이 옳았군. 무혁을 쫓아다니겠다는 계획을 세운 상태에서 그가 거스에게 진다면?
아마도 무혁이 아니라 거스를 쫓아다니는 것으로 계획을 바꿔야 할지도 몰랐다. 내 눈은 정확했다. 아스라한은 홀로 흡족해했다.
"우승하도록."
그래야 넘어서는 맛이 있을 테니까.
쾅, 콰과과광!
그사이 연무장 위의 대련이 절정에 도달했다.
끝났군.
아스라한은 등을 돌렸다. 사냥이나 하러 가야겠어.
무혁의 승리였다. 그를 이기기 위해선 조금이라도 더 성장

할 필요가 있었다.

결승전? 당연히 무혁과 다크의 대결이 될 것이다.

승자는 예측할 수 없었다. 설혹 다크가 이긴다고 하더라도 그를 따라다닐 생각은 없었다.

성기사는 재수 없으니까.

그게 결승전을 보지 않고 대회장을 떠나는 이유였다.

결승전에 오르게 된 무혁은 연무장 아래에서 숨은 실력자인 미야모토와 랭킹 1위 다크의 대결을 지켜봤다. 결승 상대는 둘 중 한 명이 될 것이다. 누구라도 자신 있었다.

할 수 있어.

긍정적으로 생각하려고 노력했다. 생각에는 힘이 있기에 그 생각이 현실이 되는 경우가 많다. 분명히 10의 능력을 지닌 사람인데 불안하다는 이유만으로 5의 능력을 보이기도 하고, 또 7의 능력을 지닌 사람인데 할 수 있다는 마음 하나로 10의 능력을 보이기도 한다. 안 된다고 여기면 될 것도 안 되기에 무혁은 무조건 된다고 여겼다.

이겨야지, 반드시. 1위 상품을 얻기 위해서라도 말이다.

"우와아아아아아!"

"미쳤다!"

함성에 정신을 차렸다.

으음?

그런데 예상과는 달리 미야모토와 다크의 대결이 꽤나 치열한 상태였다. 다크의 미간이 수시로 찌푸려지는 것을 보니 장난을 치는 건 아닌 모양이었다.

미야모토의 검이 휘둘러졌다. 대수롭지 않게 느껴질 수도 있는 그 공격이 다크의 움직임을 멈추게 만들었다. 흐름을 끊어오는 공격이라고 해야 할까.

짜증 나는군.

다크의 눈썹이 꿈틀거렸다. 그냥 공격이 아니다.

아무래도 현실에서도 검을 수련하는 모양이었다.

단순하지만 현묘한 공격. 다크가 아무리 재능이 뛰어나다고 하더라도 무예까지 할 줄 아는 것은 아니었다.

물론 타고난 신체 능력을 바탕으로 남들보다 훨씬 더 빨리 격투기, 운동, 지식 등을 배워왔던 건 사실이다. 덕분에 일루전에 적응하는 것도, 몬스터 사냥도 남들보다 빨랐다.

하지만 그러한 재능으로도 지금 눈앞에서 검을 휘두르는 미야모토의 경지를 가늠할 순 없었다.

별수 없군. 이곳은 게임이 아닌가. 레벨이 깡패라는 말이 있다. 템빨이 진리라는 말도 있다.

다크는 그 두 가지를 모두 지니고 있다고 여겼다.

레벨과 템빨로 압박하는 수밖에, 썩 내키지는 않지만.

다크가 뒤로 물러섰다.

파밧.

미야모토가 쫓아오며 검을 내뻗었다. 닿지 않아야 할 거리였음에도 불구하고 검이 복부에 닿았다. HP가 줄어들었지만 다크는 개의치 않았다. 이 정도 피해는 상관없었다.

치유 스킬 한 번이면 모두 차오를 HP였으니까. 그런 생각을 하며 뒤로 물러서던 다크가 자리에 섰다.

"흐아아압!"

쿠웅.

오른손에 들린 이프리트의 검을 바닥에 찍고, 왼손에 들린 이프리트의 방패를 부메랑처럼 던졌다.

이프리트의 세트 효과가 발동되었다. 검에서 시작된 붉은빛이 연무장의 외곽을 따라 돌고 있는 방패와 연결되었다.

미야모토가 다크에게 접근하여 공격을 가했지만 투명한 무언가에 막혀 버리고 말았다. 그사이 방패가 돌아와 다크의 왼손에 잡혔고 붉은빛이 연무장을 가득 채웠다.

[물리 공격력과 마법 공격력이 상승합니다.]
[물리 방어력과 마법 방어력이 상승합니다.]
[모든 스탯이 소폭 상승합니다.]

다크의 눈앞에 떠오른 홀로그램이었다.

[공격 속도와 이동속도, 반응속도가 소폭 하락합니다.]
[모든 스탯이 소폭 하락합니다.]

이건 미야모토에게 떠오른 내용이었고.

다크가 희미하게 웃었다.

무심한 표정을 짓고 있지만 속으로는 상당히 당황했을 것이 분명한 미야모토에게 접근했다. 이프리트의 검과 방패의 세트 효과 '결계'로 움직임이 한결 빨라졌다. 몸을 뒤로 빼는 미야모토의 움직임이 눈에 훤히 들어올 정도였으니까.

결계의 유효 시간이 다하기 전에 끝을 낼 자신이 있었다.

어느새 지척. 다크가 검을 휘둘렀다.

카강!

미야모토 역시 검으로 응수했지만 확실히 느렸다.

하지만 틈을 노리고 들어오는 방식은 여전했고 그 탓에 때때로 끊기는 흐름으로 인해 다크는 여전히 미야모토를 제대로 공략하지 못했다.

결계를 사용했는데도?

짜증이 쌓이는 걸까, 다크의 움직임이 커지기 시작했다.

-아, 이거 위험한데요?

-다크 선수, 냉정해져야 합니다.

-아슬아슬한 순간마다 공격이 끊기니 짜증이 날 법도 합니다만 그럴수록 침착해야 합니다. 미야모토 선수의 눈빛을 보세요. 먹이를 노리는 맹수거든요.

-동작이 너무 커지고 있어요.

그런 상황이 한동안 이어졌다.

-아, 그런데…….
-이상하죠?
-네, 정말로 이상합니다.

다크의 동작이 커졌으니 당연히 미야모토는 그 부분을 공격해야 정상이었다. 그런데 미야모토는 다크의 빈틈이 보이지 않는지 방어하기에 여념이 없었다.

-어떻게 된 걸까요?
-저거, 페이크예요! 미야모토 선수, 다크 선수의 동작이 더 커지길 기다리고 있는 겁니다!
-아……!

그때였다. 다크의 공격이 지금까지보다 조금 더 커진 그 순간, 미야모토가 한 걸음 앞으로 나아가며 검을 뿌렸다. 새하얀 빛을 머금은 검날이 무서운 속도로 휘둘러졌다.

-저건……!
-미야모토 선수가 딱 한 번 사용했던 스킬, 파쇄입니다.

파쇄, 모든 것을 부수는 힘. 하지만 미야모토는 그 스킬을 사용하는 순간 무언가 잘못되었음을 직감했다.

흥분으로 가득했던 다크의 눈빛이 무서울 정도로 차가워진 탓이었다. 검을 높게 치켜든 그의 시선은 마지막이라 외치고 있는 것만 같았다.

멈출 순 없었다. 이미 스킬을 사용해 버렸으니까.

파쇄의 힘이 깃든 공격으로 다크의 검을 막아냈다.

카가강!

그런데 다크의 스킬은 하나가 아닌 모양이었다. 분명 힘이 줄었지만 여전히 강력한 무언가가 얼굴로 날아들고 있었다.

미야모토의 표정이 굳어졌다.

별수 없나.

미야모토의 전신에서 보랏빛이 흘러나왔다.

진-파쇄.

엄청난 페널티를 지닌 스킬, 진-파쇄가 펼쳐졌다.

진-파쇄의 힘은 그 무엇으로도 막을 수 없다고 자신하는 바, 미야모토는 검을 휘둘러 날아오는 다크의 검면을 한 번 두드렸고 튕기는 힘을 이용해 방패까지 가격했다. 단 두 번의 공격으로 진-파쇄의 힘이 대부분 날아갔으나 조금이라도 더 피해를 입히기 위해 마지막으로 다크의 가슴에 검을 찔러 넣었다.

그 순간 전신을 휘감은 보랏빛이 사라지며 페널티가 생겨났다.

[모든 신체 능력이 48시간 동안 30퍼센트 하락합니다.]

다크의 피해가 저조하다면 이기는 건 쉽지 않으리라.

긴장하며 그를 바라보는데 파사삭. 다크의 검과 방패가 부서져 버렸다.

지켜보던 무혁의 눈이 커졌다.

부서졌어?

예선전부터 사용해 온 다크의 검과 방패였다. 누가 봐도 최고급 무구임을 알 수 있을 정도로 멋들어진 것들이었다. 게다가 이번 전투에서 보아하니 세트 효과까지 있는 것 같았다. 그런 무구가 부서진 것이다.

진짜야?

설마 미야모토가 진-파쇄 스킬이 있을 줄은 몰랐다.

"허……."

다크에겐 불행이지만 무혁에겐 행운이었다.

운이 따르는데?

아무래도 가장 좋은 검과 방패를 잃어버렸으니 다크의 전력이 약화되는 건 당연한 일이었다. 게다가 세트 스킬까지 사라진 것이니 상실감 역시 무시할 수 없으리라.

생각대로 다크의 표정이 심하게 일그러졌다.

-아, 다크 선수. 무구가 부서졌어요!

-그것도 검, 방패죠?

-다급히 다른 검과 방패를 꺼내기는 했는데요. 움직임이 부

드럽지가 않아요.

-너무 뻣뻣합니다.

-그래도 미야모토 선수를 압도하는데요?

-아무래도 미야모토 선수가 사용한 스킬이 범상치가 않아 보였거든요. 저 좋은 검과 방패를 일격에 부서뜨렸잖아요?

-그렇죠.

-페널티가 상당하리라 예상됩니다. 아마 지금 움직임이 느려진 것도 그 페널티로 인한 영향이 아닐까 싶네요.

페널티 30프로. 거기에 이프리트의 세트 효과 '결계'가 아직 풀리지 않아서 이중으로 페널티를 받고 있었다. 검과 방패를 잃어버리면서 연기가 아닌, 진짜로 흥분을 한 다크의 움직임은 눈에 들어왔지만 몸이 따라주지 않았다.

그래서 오직 하나, 버티는 것에만 중점을 뒀다. 물론 그것만으로는 다크를 이겨낼 수 없었다.

-아, 끝이 보입니다.

-미야모토 선수, 안타깝습니다.

결국 다크의 승리로 막을 내렸지만 다크는 웃지 못했다.

일그러진 표정 그대로, 연무장을 내려왔다.

결승전을 앞두고 잠깐의 휴식 시간을 가졌다.

킬리만자로가 다가왔다.

"괜찮냐?"

"……."

다크는 쉽사리 입을 열지 않았다.

"설마 이프리트 세트가 부서질 줄이야."

"후우."

"그래도 마음 가다듬어."

"쉽지가 않아."

"이기기만 하면 이프리트 세트보다 더 좋은 걸로 달라고 하면 되잖아. 네가 계속 바라던 그 무슨 태양검인지 뭔지."

"그렇긴 하지."

알지만, 그래도 마음은 좀처럼 진정되지 않았다.

참으로 어렵게 구한 무구였다.

이프리트 세트. 유일한 세트 아이템이 사라졌으니 아무리 다크라도 심정이 복잡할 수밖에 없었다. 하지만 언제까지고 이렇게 있을 수도 없었다.

"곧 결승이다."

"알아."

이기면 된다. 우승해서 귀족의 창고에서 봤던 어마어마한 옵션의 태양검을 달라고 하면 된다. 더 강해질 수 있다.

"5분 뒤에 결승전을 시작하겠습니다."

심사관의 목소리에 다크가 몸을 일으켰다.

"그래, 이기면 되지."

그러면 손해를 만회하고도 남을 테니까.

"조언은?"

"스켈레톤, 무시하지 마라."

"그게 전부냐?"

"소환사인 무혁도 무시하지 말고."

"알았다."

"고생해라, 조심하고."

고개를 끄덕인 다크가 대기실을 나섰다.

우아아아아아!

함성이 고막을 두드렸다.

반대편 대기실에서 나온 무혁과 시선을 마주하며 연무장으로 걸어갔다. 5분이란 시간은 생각보다 금방 지나갔고 마지막까지 남은 무혁과 다크가 연무장 위로 올랐다.

사회자가 차분하게 상황을 설명했다.

-기다리던 결승전입니다.

-네, 다크 선수와 무혁 선수의 마지막 대결이죠.

-우승하면 원하는 아이템 1개를 얻게 되죠. 아무래도 두 사

람 모두 상품에 대한 욕심이 상당할 것으로 생각됩니다.

-너무 욕심이 많아도 안 좋죠. 무리하면 동작이 커지고 그 커진 동작으로 상대방이 단번에 파고들어 올 테니까요. 어쩌면 그 한 번으로 대결이 끝날지도 모르고요.

-맞습니다. 최대한 신중할 필요가 있습니다.

-그보다 누구의 우승을 점치시나요?

-당연히 무혁 선수의 우승을 원합니다만…….

-녹록치 않겠죠?

-네, 아무래도 랭킹 1위가 상대이니만큼…….

그때 결승의 시작을 알리는 심사관의 목소리가 울렸다.

-아, 드디어 결승전이 시작되었습니다.

화면에 무혁이 크게 잡혔다. 연무장에 오르기 전부터 무혁은 나름대로의 계획을 세운 상태였다. 검과 방패를 잃어버린 다크였기에 그를 짜증과 분노로 흔들어 놓을 작정이었다.

윈드 스텝, 풍폭.

일부러 소환도 하지 않았다. 혼자만의 힘으로. 윈드 스텝을 최대한 활용하기 위해서는 MP가 넉넉해야 했으니까.

-무혁 선수, 소환을 하지 않았어요!

-둘이서 치고받겠다는 건가요?

지켜보는 사람들 역시 관심을 기울였다.

물론 걱정과 근심이 가득했지만.

-무리가 아닐까 싶은데요.

-그냥 소환을 하는 게…….

하지만 이어진 장면을 바라보며 입을 다물고 말았다.

캉, 카가강!

다크와의 공방을 생각보다 훨씬 더 잘 버텨내고 있었기 때문이다. 아니, 오히려 밀어붙이는 느낌이었다.

물론 전적으로 윈드 스텝으로 인한 효과였기에 MP가 빠르게 줄어들고 있다는 단점은 있었지만 개의치 않았다. 풍폭을 사용하지 않는다면 그리 큰 부담은 아니었으니까.

십자 베기 같은 스킬도 간간히 사용했다. 마법도 아끼지 않았고 거리를 벌리면서 화살 공격도 퍼부었다.

물론 다크는 어렵지 않게 막아내고 있었다.

카가강!

방패로 막거나 뒤로 빠지거나 연무장을 크게 활용하는 등, 움직임이 확실히 빨랐다. 그러면서도 한 번씩 공격을 퍼붓는데 생각보다 위협적이라 윈드 스텝을 풀 수가 없었다.

게다가 치유 스킬은 또 얼마나 사기적인가.

[크리티컬이 터집니다.]

어쩌다 대미지가 제대로 들어갔다 싶으면.

"그레이트 힐."

곧바로 치유 마법으로 HP를 채워 버리는 다크였다.

그럼에도 무혁은 끝없이 움직이면서 다크를 공략했다. 다크의 MP도 한계는 있을 것이 분명했기 때문이다. 공격이든 치유 마법이든, 스킬을 사용하게 만들어 MP를 줄인다면 분명 기회가 오리라 판단했다.

한 가지는 확실하니까. MP 회복률은 절대적으로 무혁 본인이 더 높을 것이라는 사실 말이다.

-아, 대단합니다.

-무혁 선수, 다크 선수를 몰아붙이고 있어요.

-물론 다크 선수는 치유 마법으로 줄어든 HP를 회복하고 있기 때문에 좀 허탈할 수도 있을 겁니다. 그래도 공격을 멈추지 말아야죠. 분명 다크 선수의 MP가 줄어들고 있을 것이 분명하거든요.

-하지만 그건 무혁 선수 역시 마찬가지가 아닐까요?

-지금은 스켈레톤 소환을 하지 않았으니 여유가 있을 겁니다.

-아, 그렇군요. 스켈레톤이 MP를 어마어마하게 잡아먹죠?

-그렇습니다. 이런 방법이 있을 줄은 상상도 못 했는데 말이죠. 어쩌면 이번 경기, 제 예상과는 다르게 흘러갈지도 모르겠

습니다.

한동안 치열한 접전이 이어졌다.

무혁은 다크를 압박하면서 수시로 MP를 확인했다.

생각보다 괜찮은데?

MP가 30%까지 생각했는데 아직도 50% 정도가 남은 상태였다. 회복률이 말도 안 되게 높아서 발생한 일이리라.

다크는?

공격하면서 그를 살폈다. 스킬을 사용하는 걸 꺼리는 모습이었는데 그것으로 MP가 부족함을 확신할 수 있었다.

게다가 무혁과 싸우면서 MP 션 하나를 꺼내어 마시는 걸 봤었다. 본선 3차에 올라 대진운이 좋지 않았던 다크는 무혁과 싸우기 전에 물약 하나를 이미 사용했었던 상황. 그러니 이제 그가 사용할 수 있는 보조적인 물품은 한 개였다.

난 아직 두 개가 남았지.

여유를 가지고 그를 괴롭혔다.

윈드 스텝이라는 사기적인 스킬 덕분에 피해를 최소화하면서 다크를 괴롭히는 게 가능했다. 하지만 집중력이 흐트러지면 다크가 HP를 크게 깎아버리기에 방심할 순 없었다.

다시 가 볼까.

거리를 좁힌 후 검을 내뻗었다. 다크가 옆으로 살짝 피하면서 손에 들린 검으로 반격을 가해왔다.

무혁은 다급히 뒤로 물러나면서 화살을 쏘았다. 다크가 방패로 막아냈지만 그래도 개의치 않았다. 방어를 해도 HP는 줄어드는 것이 일루전의 시스템이었기 때문이다.

무혁은 쉴 새 없이 화살을 날려댔다. 결국 다크가 옆으로 몸을 날리며 화살을 피하거나 검으로 쳐 내기 시작했다.

죽은 자의 축복! 그 순간 무혁이 마법을 사용했다.

"……."

다크의 미간이 꿈틀거렸다. 마법을 막을 방법이 없었던 탓이다. 게다가 대미지가 생각보다 커서 두세 번을 맞으면 치유 마법을 사용할 수밖에 없었다.

그 짜증이 행동으로 나타났다. 다크는 거칠게 움직이며 무혁과의 거리를 좁혔다. 쫓아가면서 검을 그어버리자 붉은 기운이 반달처럼 공기를 가르더니 무혁에게 뻗어 나갔다.

좋고.

스킬을 사용하게 만들었으니 이득이었다.

빠르게 뒤로 물러나던 무혁이 순간 움찔거렸다.

이런.

하필이면 뒤쪽이 연무장의 끝임을 깨달은 것이다. 움직이던 것을 멈추고 방패를 앞으로 내밀어 공격을 방어했다.

콰아앙!

충격이 컸다. HP도 꽤 줄어들었고.

아직은 괜찮아.

현재 남은 HP는 60%가량. 치유 마법이 없기에 조금씩 쌓인 누적 대미지로 인해서 절반까지 까여 버린 것이다. 반대로 다크의 HP는 100%일 것이다.

하지만 MP는 바닥일 거야.

그래도 혹시 몰라 조금 더 자극했다.

파바밧.

윈드 스텝을 사용한 상태로 다크에게 다가가 십자 베기를 사용했다. 공격을 성공시킨 후 곧바로 은신을 사용했다.

그러자 당황한 다크가 주변을 경계했다. 천천히 접근하여 검을 내찌르려는 순간 다크가 갑자기 고개를 획 돌렸다. 검을 위로 들어 올리더니 아래로 내려찍을 것처럼 행동했다.

하지만 마지막 순간, 다크는 움직임을 멈추고 말았다. 그리고 나타난 무혁의 공격을 그냥 허용해 버렸다.

"크읍!"

다크가 서둘러 방패로 무혁의 이어지는 공격을 방어했다.

됐다.

공격을 성공시킨 무혁의 입꼬리가 말려 올라갔다. 마지막 순간 스킬을 사용하지 않은 이유. 그것은 MP를 아끼기 위함이 분명했을 테니까. 진짜로 시작할 차례였다.

"소환."

90마리에 달하는 스켈레톤이 드디어 모습을 드러냈다.

참고 또 참았다, 최대한 MP를 사용하지 않기 위해서. MP가 바닥났을 때 스켈레톤들이 나타난다면 그야말로 난감하기 짝이 없을 테니까.

그런데 결승전 상대인 무혁은 네크로맨서임에도 불구하고 본신의 능력을 무시할 수가 없었다. 물론 소환수의 스탯이 본체의 영향을 받기에 어느정도 힘, 민첩, 체력을 올렸을 것은 분명했지만 그렇다고 해도 믿기 어려운 수준이었다.

아무리 스킬이라도 어이가 없군.

결국 조금씩 줄어드는 HP를 채우기 위해 가끔씩 치유 마법을 사용했다. 무혁에게 피해를 입혀 조금이라도 더 빨리 스켈레톤을 불러내기 위해서 공격 스킬도 사용했고. 그렇게 MP를 소모했음에도 무혁은 소환수를 부르지 않았다.

도대체 왜?

설마 아직 MP에 여유가 있는 것일까. 불안해졌다.

그 순간 무혁이 갑자기 사라졌다.

이런.

주변을 경계하고 있는데 근처에서 기척이 느껴졌다.

있다.

주변에 있다면 범위 스킬로 피해를 주면 된다.

아니, 잠깐……!

하지만 마지막 순간 다크는 멈출 수밖에 없었다.

남은 MP는 겨우 10퍼센트가량. 더 이상 MP를 소모했다가는 정말 큰일이 날지도 몰랐으니까.

차라리 HP를 희생하는 게 옳았다.

그래서 당해줬다.

"소환."

그제야 무혁이 스켈레톤을 불러내었다.

빌어먹을. 지금 이 상황이 마음에 들지 않았다.

이긴다, 반드시.

인벤토리에서 아껴뒀던 물약 하나를 꺼냈다.

마지막이군. 더 이상 보조 물품을 사용할 수 없었다.

하지만 상관없었다. 스켈레톤을 소환한 이상 무혁의 MP도 빠르게 줄어들 것이고 그것은 물약 한두 개로 감당할 수 있는 수준이 아닐 것이 분명했으니까.

[MP(30%)를 회복합니다.]

30퍼센트까지 차오른 MP를 보며 다크가 돌진했다.

단번에 부서뜨린다.

파앗.

허공으로 점프한 다크가 검을 들어 올리자 황금빛이 그를 휘감았다. 정지된 것처럼 허공에 뜬 채로 아래를 내려다본다.

천벌.

최강의 범위 스킬이 발현되었다.

쿠릉, 쿠르릉!

강력한 전격의 힘이 하늘에서 생성되더니 연무장을 향해 내리꽂혔다.

-아, 드디어 소환을 했습니다!

-다크 선수, 스켈레톤이 나타나자마자 허공으로 뛰어오릅니다! 무혁 선수, 불안함을 느낀 걸까요? 스켈레톤들이 갑자기 한곳으로 뭉치는군요! 저러면 오히려 피해가 커질 수도 있을 것 같은데요.

-맞습니다. 무슨 생각일까요?

그 순간 전격의 힘이 아래로 떨어졌다.

쿵, 쿠아아앙!

그런데 뭔가가 이상했다.

-어? 보이십니까?

-아, 투명한 보호막이 낙뢰를 막고 있어요!

피를 머금은 장검에 내재 된 피해 흡수 스킬이었다.

-이걸 위해서 스켈레톤을 뭉쳤던 거군요.

-하지만 낙뢰는 여전이 이어지고 있어요. 과연 언제까지 버텨낼 수 있을까요?

흡수할 수 있는 대미지는 5천. 낙뢰는 여전히 떨어졌고, 보호막은 아직 사라지지 않았다.

-1초, 1초가 숨이 막힙니다.

대략 3초가 흘렀을 즈음.

-아, 보호막이 사라졌습니다.

그사이 무혁은 충분히 대비를 마친 상태였다. 메이지와 아처에게 아머나이트를 붙인 후 방패를 들어 올리게 했다. 무혁 역시 아머나이트 한 마리의 아래에 위치한 상태였다.

-엄청난 장관입니다!

그 속에서 무혁이 먼저 움직였다.
스윽.
허공에 떠있는 다크를 노리며 화살을 날린 것이다.
화살 중에 한 대가 다크의 정강이 쪽에 박혔다.
됐어.
혼란의 물약이 적용되었다. 낙뢰를 막고 있던 스켈레톤들이 움직이기 시작했다. 하늘에서 추락하는 다크를 향해서.

성민우는 다크와 무혁의 경기를 화면 오른쪽에 틀어놓았다. 왼쪽에는 당연히 일루전 홈페이지를 열어놓은 상태였다.

게시물이 엄청난 속도로 올라왔다.

[제목 : 와, 대박이다. 진짜.]

[제목 : 결승전 보는 사람?]

[제목 : 누가 이길지 저는 압니다.]

[제목 : 나도 강해지고 싶어요!]

[제목 : 다크, 엄청난 스킬. 어쩌면 질 수도 있겠네요.]

[제목 : 압승이다!]

F5를 클릭하면 새로운 제목이 우르르 떠올랐다. 그중에서 조회수가 가장 높은 것을 클릭했다. 게시물 내용은 단순했지만 달리는 댓글은 그렇지 않았다. 서로의 의견을 강력하게 주장하며 토론하는 모습을 지켜보는 것도 충분히 즐거웠다.

ㄴ암바 : 스켈레톤도 소환하지 않았는데 오히려 다크를 압박하네요? 저거 네크로맨서 직업 맞는 거죠? 아무리 봐도 사기적이라서……

ㄴ전투 : 네크로맨서 맞아요. 소환수가 본캐릭 스탯에 영향을 받는다는 정보가 풀리기 전부터 힘, 민첩, 체력 스텟에 집중한 거 같네요.

ㄴ암바 : 대단하네요. 조폭 네크로맨서도 가장 먼저 얻은 유저라던데.

ㄴ컵 : 저도 조폭 네크로맨서 키우고 싶어요!

└라이즈 : 동감.

└바람파이터 : 지금 다크가 스킬 썼네요. 워, 대박.

└아쿠 : 그래봤자.

└바람파이터 : 허, 눈 안 달렸어요? 저거 다크 최고 스킬이에요. 저거 한 방이면 스켈레톤 전부 쓰러질지도.

└아쿠 : 풉, 방어막에 막힘.

└바람파이터 : 방어막 부서짐.

└아쿠 : 충격 대부분 흡수함.

└바람파이터 : 아직 낙뢰 떨어지는 중.

└아쿠 : 풉, 다크 추락 중.

더 이상 바람파이터의 댓글이 없었다.

└아쿠 : 왜 댓글 안 다세요? 진 거 인정?

무의미한 싸움질을 보며 성민우가 피식하고 웃었다.

그 순간이었다. 오른쪽에 틀어놓은 영상에서 사회자의 흥분한 목소리가 들려왔다.

-아, 추락한 다크를 스켈레톤이 무차별적으로 공격하고 있습니다!

-다크 선수, 움직이지 못하고 있어요!

서둘러 영상을 두 눈에 담았다.

-뭔가에 당한 것 같죠?

-그렇습니다. 아니라면 방어도 하지 않고 무작정 공격을 당할 다크 선수가 아니니까요.

-마침 정신을 차린 모양입니다. 방패로 몸을 가리네요.

-하지만 상당한 피해를 입었음은 분명해 보입니다.

-치유 마법을 사용하고 있습니다.

-MP가 정말 얼마 남지 않았을 것 같은데요.

성민우가 주먹을 쥐었다. 감이 왔기 때문이다.

왼쪽으로 시선을 옮긴 후 목록을 눌렀다.

[제목 : 저거, 알아요. 예선전에 사용했던 그거 확실함.]

[제목 : 워, 보조 물품으로 끝내 버리네.]

첫 번째 글을 클릭해서 들어갔다.

[내용 : 예선전에 사용했던 그 효과, 기억하시죠? 상대방을 춤추게 만들었던 그거요! 근데 사실 따지고 보면 이건 무혁 유저의 계획이 잘 통한 거라고 볼 수 있겠네요. 스켈레톤 소환하지 않고서 다크의 MP를 줄인 계획력, 그리고 그걸 행동으로 옮긴 실행력. 마지막에는 다크의 필살 공격을 막아내는 저력을 보여줬고 지금은 신중함까지 더해지면서

승리가 예상되는 순간이네요. 자랑스럽습니다!]

성민우가 부드럽게 웃었다.

이런 칭찬도 받고, 부럽네.

댓글은 대부분 긍정적이었다.

ㄴ노트북 : 클라스 인정.

ㄴ날라리 : 클라스는 무슨. 운빨이지 뭐. 대진운에다가 다크가 사용하던 검, 방패까지 부서졌으니 지면 병신인 거 아님?

ㄴ파워 : 날라리 님, 운도 실력입니다.

ㄴ날라리 : 실력은 무슨.

ㄴ파워 : 불쌍하네요. 그냥 키워나 하세요.

ㄴ날라리 : 반사.

ㄴ파워 : 너무 유치해서 답글 안 답니다.

ㄴ날라리 : 반사.

날라리 저건 뭐야.

성민우의 미간이 찌푸려졌다. 답글을 달까 하다가 참았다.

-아, 결국…….

사회자의 목소리를 들으며 다시 영상을 눈에 담았다.

-이기고 말았습니다.

무혁의 승리였다.

"짜식, 결국 이겼네."

맛있는 거나 얻어먹어야겠다고 생각하며 문자를 보내는 성민우였다.

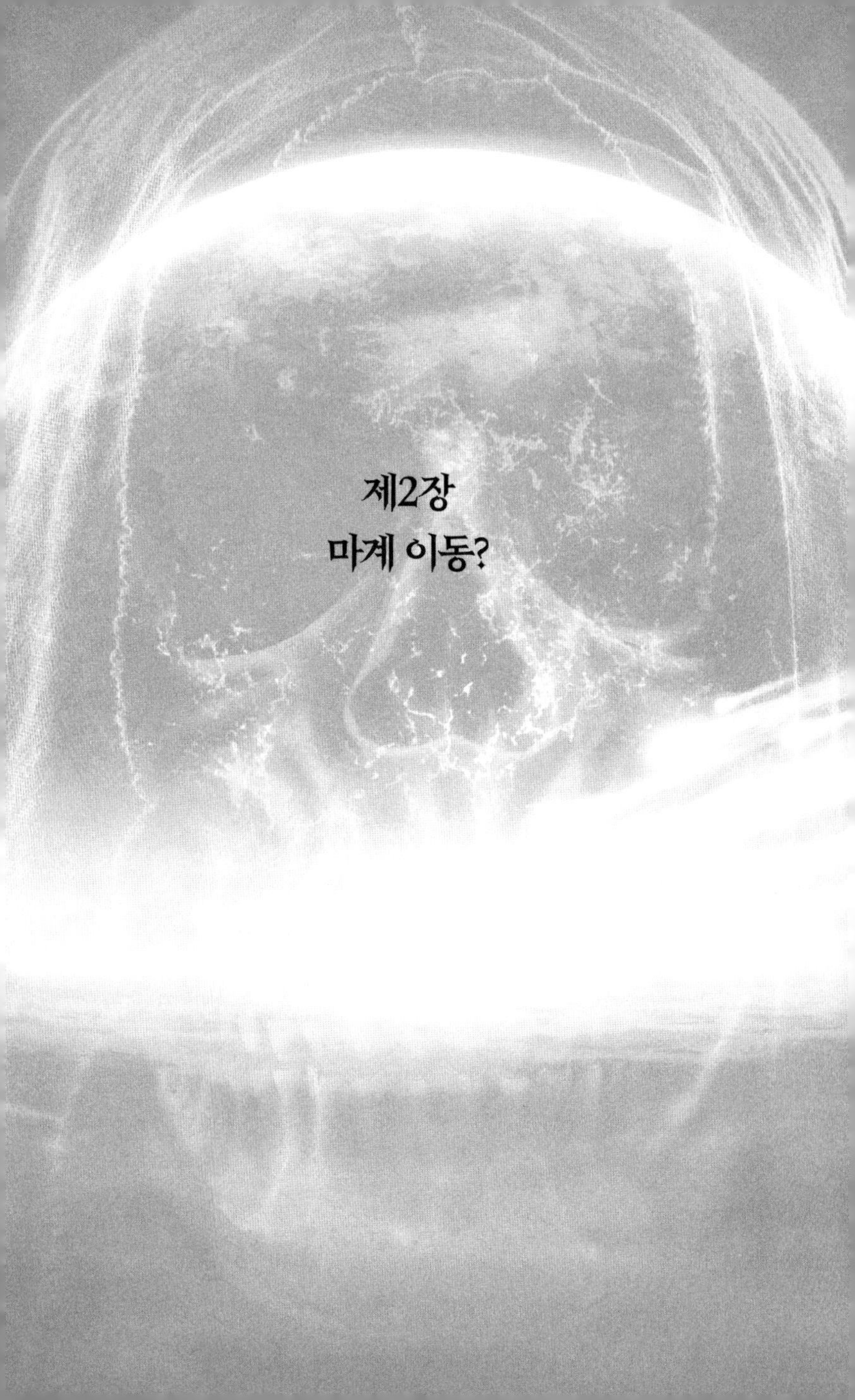

제2장
마계 이동?

일루전 홈페이지가 터질 지경이었다.

└카알 : 와, 이건 진짜 레알이다.

└무지개 : 완전히 농락을 해버렸네. 저 정도면 다크가 불쌍할 정도.

└카알 : 인정

└압살 : 흐흐, 포르마 대륙에서 열린 대회가 이 정도인데 나중에 전 대륙 다 개방된 후에 대회 열리면 어떻게 될 거 같음? 난 벌써부터 소름이 돋네.

└한바퀴 : 그러네. 근데 타대륙 언제 개방되려나?

└압살 : 뭐, 이제 슬슬 열리지 않겠음?

└한바퀴 : 궁금하다. 다른 대륙 녀석들.

└압살 : 그래 봤자, 무혁한테는 안 됨.

└한바퀴 : 아님, 유튭 영상 보면 타대륙 실력자들 진짜 괴물임. 도대

체 어떻게 이겨야 할지 감도 안 잡힘. 무혁이 아무리 대단해도 힘들 듯.

ㄴ압살 : 걱정 ㄴㄴ. 미친 성능 아이템 얻을 테니까.

ㄴ한바퀴 : 아, 1위 보상이 있었지.

ㄴ라운드 : 와, 대회 진짜 재밌었다. 난 예선전부터 천천히 다시 봐야지.

ㄴ오토 : 저도. 레알 꿀잼.

ㄴ라운드 : 여자세요?

ㄴ오토 : 왜요?

ㄴ라운드 : 여자면 같이 볼래요?

ㄴ오토 : 꺼져.

ㄴ팥팥빵 : 와, 아이템은 뭐 선택하려나? 완전 궁금하네.

ㄴ알랍 : 무기 달라고 하지 않겠음?

ㄴ팥팥빵 : 글쎄요. 유저 본인이 아는 아이템이면 뭐든 된다고 했잖아요. 무혁 정도 되면 어마어마한 아이템도 알고 있을 거 같기는 한데.

ㄴ계란 : 흐음. 뭐, 소환수가 강해지는 아이템도 있겠고.

ㄴ주황이 : 오, 소환수 좋다.

ㄴ계란 : MP나 회복률 높여도 좋을 거고.

ㄴ주황이 : 그건 좀 아쉬운데.

ㄴ계란 : 조폭 네크로맨서한테는 최고임.

ㄴ주황이 : 그래요?

ㄴ계란 : 나 조폭 네크로인데 MP 후달려서 미치겠음.

ㄴ이불 : 인정. 조폭 네크로맨서 MP 진짜 후달림.

ㄴ리모컨 : 뭔가 획기적인 아이템 없으려나.

└계란 : 밸붕 아이템?

└이불 : 근데 밸붕은 너무 심하고.

└리모컨 : 보상 자체가 밸붕인데 뭐. 좋은 거 하나 뽑아서 성능이나 올려주면 좋겠음. 눈이라도 호강하게.

└스킨 : 기대된다!

└또잉 : 빨리 시상식 해라!

무혁에 대한 반응이 뜨거웠다. 경기를 끝내고 승자가 된 무혁은 아직 연무장 위에서 내려오지 않고 있었다. 함성을 들으며 승리를 만끽하는 중이었다.

이겼다. 계획을 세우긴 했지만 이렇게 딱, 딱 맞아떨어질 줄은 몰랐다.

확실히 행운이 따랐다. 그것 역시 토너먼트의 재미이리라.

동시에 한 가지를 깨달았다. 더 강해져야 한다는 것.

숨은 고수들과 최상위 랭커의 실력은 놀라운 수준이었다.

그들이 두 명만 뭉쳐도 무혁은 절대 이기지 못할 것이 분명했다. 대진운이 나빴더라면 우승하지 못할뻔했다.

어떤 일이 발생할지 알 수 없는 일루전이었기에 보다 더 강력해지기 위해 노력할 생각이었다. 이번에 얻게 될 보상이 그 기틀을 마련해 줄 것이다. 문제는 아직 보상을 확실하게 정한 게 아니란 사실이었다. 좋은 아이템이 너무 많았다.

"그럼 일단 대기실에서 기다려 주시면 됩니다."

"아, 네."

무혁은 그제야 연무장을 내려와 대기실로 향했다.
무혁의 모습이 화면에서 사라지고.

-자, 아직 대결이 끝난 게 아니죠?
-네. 3, 4위 결정전이 남았습니다.
-5, 6, 7, 8위는 상품이 동일하니 굳이 대결을 할 필요가 없고요.
-맞습니다.
-3, 4위 결정전을 시작하기 전에 무혁과 다크의 마지막 장면을 다시 볼까요?
-좋습니다.

사회자의 목소리와 함께 화면이 넘어갔다.
다크가 추락하는 모습. 스켈레톤이 달려드는 장면이었다.

-여기서 바로 끝날 줄 알았죠.
-저도 그렇습니다. 하지만 다크 선수, 역시 녹록치가 않아요. 치유 마법을 쓰더니 곧바로 범위 마법을 사용했지요?
-네, 그 탓에 스켈레톤의 상당수가 부서졌습니다.
-그래도 상관없다는 듯 계속해서 달려드는 스켈레톤들을 어떻게 막을 수 있겠습니까. 곧바로 몸을 일으킨 다크가 한 마리씩 처리하긴 했지만…… 많아요, 너무 많아요. 스켈레톤이 정말 바글바글합니다.

-아, 여기서 또 범위 공격이 터졌죠. 절반 이상의 스켈레톤이 부서졌어요.

-그렇습니다.

-그런데 보십시오. 뒤쪽에 있는 무혁 선수를요. 아무런 행동도 취하지 않고 있거든요.

-그야말로 다크 선수를 농락하고 있습니다.

-그러다 무혁 선수가 화살 몇 대를 날리고 손을 뻗으니 다크 선수, 희미해지더니 연무장밖에서 나타났습니다.

-저 손에서 보랏빛이 나가는 거 보이시죠? 저게 스킬로 추정됩니다. 피할 수 없는 스킬이죠.

-다크 선수가 계속해서 치유 마법을 사용하게 만들던 바로 그 스킬이군요.

3, 4위 결정전은 그리 길지 않았다. 5분도 걸리지 않아 승패가 나뉘었다. 페널티를 받고 있는 상태임에도 불구하고 미야모토가 뮬란을 이겨 버린 것이다.

결국 3위는 미야모토, 4위는 뮬란으로 정해졌다.

-이제 곧 시상식이 있겠군요.

-그렇습니다. 준비가 필요한 상황이라 잠깐 대기해야 할 것 같네요. 그동안 하이라이트 장면을 보도록 하겠습니다.

대기하는 시간은 길지 않았다.

대략 15분. 무혁은 그동안 아이템을 결정해야만 했다.

뭐가 좋을까.

몇 가지 아이템은 이미 정해놓은 상태였는데 아직 한 가지를 확실하게 고르지는 못했다. 처음엔 이걸 해야지 싶다가도 조금 지나면 마음이 바뀌곤 했으니까.

정령왕의 반지도 좋고. 정령왕의 반지는 착용자의 MP와 회복률을 높여주고 힘, 민첩, 체력도 조금씩 올려준다.

물론 이게 전부라면 목록에 넣지도 않았을 것이다. 정령왕의 반지에서 가장 중요한 옵션은 바로 '모든 소환수의 능력 20퍼센트 상승'이었다.

소환 계열의 유저에게는 그야말로 신의 아이템이라 불리는 반지였으니 더 말할 필요도 없었다.

드레이크의 썩지 않는 사체도 좋고. 레벨을 조금 더 높이게 되면 현재 지니고 있는 용의 심장과 몇 가지 아이템으로 사체를 조종할 수 있게 된다. 물론 사체 조종은 숫자에 명확한 제한이 있기 때문에 아무것에나 사용할 순 없었다. 그래서 생각한 것이 드레이크의 썩지 않는 사체였다. 드레이크를 살려내 소환수로 삼으면 아머나이트보다 훨씬 더 뛰어날 것이 분명했으니 말이다.

아만다의 팔찌도 좋은데. 착용자의 신체 능력 10퍼센트 상승에 부가적인 다양한 옵션들. 거기에다가 소환수의 모든 스탯을 35씩 올려준다.

고민될 수밖에 없었다.

한참을 그렇게 앉아 있던 무혁이 결정을 내렸는지 고개를 끄덕였다. 정말 좋은 아이템이 많지만. 그래도 역시 앞으로의 앞날을 본다면 그게 최고였다.

마침 사회자의 목소리가 들렸다.

"시상식 시작합니다."

"아, 네."

대기실을 나서자 7명의 유저가 보였다.

보상을 받는 자들이었다. 그 면면도 참으로 화려했다.

쟁쟁한 실력자 전부가 모인 셈이었으니까. 그들을 슬쩍 바라보고 있는데 한 명의 중년인이 정면에서 걸어 나왔다.

그는 연무장 위로 오르더니 시상하게 될 8명의 유저를 내려다봤다. 아뮤르 공작이었다.

"오래 기다리셨습니다."

시상식에 앞서 간단한 칭찬이 이어졌다.

"정말 좋은 대결이었고 아주 흥미롭게 지켜봤습니다. 이 대회를 열기 위해 고심했던 날들, 그때 받았던 답답함이 한 번에 풀어지더군요."

이번에도 그리 길지 않은 말이었다. 지루하지 않을 수준.

"그럼 지금부터 시상하겠습니다."

어느 정도의 칭찬을 끝낸 아뮤르가 드디어 유저를 불렀다.

당연히 8위부터였다. 그렇게 한 명씩 보상을 받았다.

-네, 이제 4위의 뮬란 선수가 올라가네요. 뛰어난 성능의 검

과 대량의 금화죠?

-맞습니다. 3위는 추가로 갑옷이 지급되었고 2위 다크 선수는 3위와 동일한 보상에 반지가 추가로 지급되었습니다.

아뮤르 공작의 입에서 익숙한 이름이 울렸다.

"이방인 무혁."

"네."

"연무장으로 올라오십시오."

연무장으로 향하는 그의 모습이 보인다.

-아, 드디어 오르고 있습니다.

-1위를 달성한 무혁 선수, 자랑스럽습니다.

-우승을 거머쥔 무혁 선수가 과연 어떤 보상을 달라고 할지 다들 궁금한 모양이군요.

-그렇습니다.

-저 역시 기대가 됩니다.

-한 가지 맹점이라면 해당 유저가 알고 있는 아이템만 가능하다는 것인데요.

-네, 밸런스가 흔들리는 수준은 아닐 겁니다.

아뮤르 공작이 말했다. 둘만의 대화인지라 아뮤르 공작은 자연스럽게 하대를 했다.

"우승을 축하하네."

"감사합니다."
"자, 그럼 어떤 보상을 원하는지 말해보시게."
"발락의 13번째 반지를 원합니다."
아뮤르 공작이 고개를 갸웃거렸다.
"발락의 13번째 반지?"
"네."
"흐음, 내일까지 반드시 그대에게 전해주도록 하겠네."
"감사합니다."
그 모습은 당연히 방송으로 나갔다.

-발락의 13번째 반지라고 했죠?
-맞습니다. 도대체 어떤 물건일지 너무 궁금하군요.
-아뮤르 공작도 고개를 갸웃거리고 있는데요.
-그러니 더 궁금할 수밖에요.

그건 지켜보던 모든 이의 공통된 마음이었다.
게시판 역시 뜨거웠다.

└인슈르 : 발락의 13번째 반지, 아는 사람?
└성공 : 아는 사람이 있겠냐?
└인슈르 : 있을 수도 있지.
└무슨소리냐 : 기다리다 보면 나오겠지.
└인슈르 : 어떻게?

ㄴ무슨소리냐 : 무혁이 밝히겠지.

ㄴ인슈르 : 그럴라나?

ㄴ어리둥절 : 와, 옵션 진짜 궁금하다!

ㄴ스타 : 진짜 어마어마하겠지?

대회가 끝나고 방송이 종료 후에도 관심은 멈추지 않았다. 새벽이 오고 아침이 올 때까지도 대회에 대해서, 무혁에 대해서, 그리고 아이템에 대해서 이야기를 나눴다.

그 즈음에 올라온 하나의 게시물이 관심을 받았다.

[제목 : 저, 무혁 봤어요!]

[내용 : 시상하던 귀족은 아니었는데 아무튼 어떤 귀족이랑 만나는 거 봤습니다! 상자를 건네던데 아무래도 그게 아이템으로 추정되네요. 옵션이 뭘까요, 제발 알려주면 좋겠습니다!]

댓글도 많이 달렸다.

ㄴ라운드 : 어, 저도 봤어요.

ㄴ구라 : 어디서 봄?

ㄴ라운드 : 위브라요.

ㄴ캐쉬 : 저도 본 거 같은데.

ㄴ구라 : 어디서 봄?

ㄴ캐쉬 : 위브라 제국 용병 길드 앞이요.

└**롤롤 : 옵션 개 궁금하다!**

해당 게시물은 순식간에 핫이슈로 떠올랐다.

대회가 끝난 다음 날. 무혁은 위브라 제국으로 향했다.

성민우와 함께 의뢰를 받기 위해 줄을 기다리고 있는데 귀족으로 보이는 NPC가 수행원을 이끌고 다가왔다.

"우승 상품입니다."

"아."

무혁은 그에게서 작은 상자를 받았다.

"그리고 이건……."

덩달아 명패를 건넸다.

"아뮤르 백작님께서 주신 명패입니다."

"명패요?"

"네, 유용하실 겁니다."

곧바로 명패를 확인해 봤다.

[헤밀 제국의 명패]

[헤밀 제국에서 사용할 경우 모든 물품을 20퍼센트 할인된 가격으로 구입할 수 있고 모든 물품을 20퍼센트 인상된 가격으로 판매할 수 있다. 성내로 출입할 수 있는 권한이 주어지며 해당 제국의 용병 길드에서 사용할 경우 특급 의뢰를 받을 수 있다.]

무혁의 눈이 반짝였다. 다른 건 다 필요 없었다.

특급 의뢰라?

무혁은 고개를 들어 귀족을 향해 고개를 살짝 숙였다.

"감사합니다."

"예."

인사를 나눈 후 귀족이 떠났다.

무혁은 명패를 인벤토리에 넣은 후 상자를 깠다.

반지 하나가 모습을 드러냈다.

"이거냐?"

"어."

"반지가 좀 묘하게 생겼네?"

마치 악마를 형상화한 것만 같았다.

"나름 멋있잖아."

"뭐, 나쁘진 않은데? 확실히 번쩍거리는 느낌도 있고. 근데 이게 그렇게 좋은 아이템이냐?"

"어."

"옵션이 뭔데?"

"일단 방어력 15 상승."

"오오!"

"마법 방어력 20 상승."

"좋다!"

"MP 200 증가."

"크으!"

"MP 회복률 80 증가."

"허어!"

성민우의 반응이 정말 웃겼다.

이제 제대로 된 옵션 하나가 나올 차례였다.

"모든 스탯 10 상승."

"어……?"

"모든 스탯 10 상승이라고."

"미, 미친. 진짜? 겨우 반지에?"

"어. 그리고 소환수 스탯 5퍼센트 상승."

성민우가 휘청거렸다.

"마지막으로."

"옵션이 또 있다고? 자, 잠시만. 후읍, 후아."

"뭐 하냐?"

"심호흡 좀 해야지. 자, 됐다. 이제 말해 봐. 뭘 들어도 절대 놀라지 않을 준비가 되었으니까."

무혁이 손에 들린 발락의 13번째 반지를 쳐다봤다.

마지막 옵션. 이것을 위해서 선택한 것이었으니까.

"소환수 마계 이동."

"음?"

성민우가 고개를 갸웃거렸다.

"그게 무슨 이상한 옵션이냐?"

"직접 봐라."

성민우가 반지를 만졌다. 옵션이 떠오른다.

[소환수 마계 이동]

[소환수를 마계로 보낼 수 있다. 그곳에서는 소환수가 자율적으로 행동하며 그 과정에서 얻게 된 경험의 일부분을 스탯으로 변환시킬 수 있다.]

성민우의 동공에 의문이 서렸다.

"마계?"

그러다 뒤에 있는 나머지 문구가 눈에 들어오면서 이 반지가 실로 범상치 않은 아이템임을 깨달았다. 소환수를 마계로 보내고, 경험을 스탯으로 변환한다면 게임 시간이 길어질수록 효과가 증가할 것이 분명했으니까.

이건 게임을 조금만 즐길 줄 안다면 누구라도 알 수 있을 정도로 뛰어난 옵션이었다.

"……."

할 말을 잃은 성민우였다.

"어떠냐?"

"이거, 사기잖아!"

"그러니까 우승 상품으로 달라고 했지."

"허어."

놀란 성민우를 뒤로한 채 설명 문구를 다시 확인했다.

물론 이 문구에도 함정은 있었다. 경험을 스탯으로 변환한다는 말은 그것만 본다면 그저 좋을 뿐이다.

하지만 생각을 해보면 고개를 갸웃거리게 되리라.

비율은? 가장 중요한 비율이 나와 있지 않았으니까.

일단 그것만 해도 함정인데 그보다 더 큰 문제가 있다. 소환수가 약하면 마계에서 경험을 쌓는 게 거의 불가능하다는 사실이었다. 마계를 날아다니는 작은 벌레 한 마리의 레벨도 최소 100이었으니까.

"소환."

무혁은 나타난 소환수를 눈에 담았다.

"소환수 마계 이동."

그러자 거대한 지도가 떠올랐다.

[이동을 원하는 소환수를 선택해 주십시오.]

무혁은 당연히 모든 소환수를 지정했다.

[이동할 지역을 선택해 주십시오.]

마계를 살아가는 생명체는 강하다. 그렇기에 지역을 택하는 건 아주 중요했다. 강력한 마족의 영역을 선택한다면 몬스터 한 마리도 사냥할 수 없게 될 것이다.

그것은 곧 경험을 쌓을 수 없다는 이야기이고 당연히 스탯으로 변환시킬 수도 없게 된다. 그렇기에 지금 떠오르는 흐릿한 기억을 최대한 선명하게 만들기 위해 애썼다.

아마도, 여기였나?

그나마 약한 생명체가 살아가는 곳. 대충은 알고 있었지만 확실한 건 아니었다. 다만 확률이 높을 뿐.

무혁은 지도의 한 곳을 짚었다.

[마계의 F11 지역입니다. 한 번 정한 장소는 앞으로 다시는 바꿀 수 없습니다. 선택하시겠습니까?]

[Yes/No]

잠깐 고민하고 있는데.

"뭐 해?"

"소환수 이동시키는 중."

"아하."

정신을 차린 무혁은 이내 고개를 끄덕였다.

그래, 어차피 확률이니까.

[소환수가 마계의 F11 지역으로 이동합니다.]

[마계로 이동되었습니다.]

[상실된 이지의 일부가 돌아옵니다.]

녀석들의 눈동자에 힘이 들어왔다. 평소 명령만 듣던 죽어버린 눈동자와는 분명히 달랐다. 다들 현재 상황을 조금씩 인지하기 시작할 무렵 부르탄은 이미 상황을 완벽하게 파악한 상태였다.

한 걸음 앞으로 나아가며 드넓은 평야를 두 눈에 담았다.

-정신은 차렸나?

부르탄이 나머지 스켈레톤을 보며 턱을 부딪쳤다.

키릭? 키킥. 탁, 타다닥.

그러자 다음으로 정신을 차린 히드라와 아머 스켈레톤들이 따라서 행동했다.

-그래, 차렸다.

-어색하군.

서로 대화를 주고받기 시작한 것이다.

부르탄이 다시 평야를 바라봤다.

탁, 타다닥.

턱을 부딪치며 의사를 전달했다.

-주인이 우릴 이곳으로 보냈다.

-나도 안다.

-우린 이곳에서 강해질 필요가 있다.

-방법은?

방법에 대해선 누구도 답하지 못했다.

위이잉.

그때 저 멀리 성인 남자의 주먹 정도 크기를 지닌 벌레 한 마리가 날아왔다. 거리가 상당히 좁혀졌지만 누구도 벌레 한 마리에게 신경을 쓰진 않았다. 그러나 그건 아주 큰 실수였고 그 실수 한 번이 가져다준 대미지 역시 작지 않았다.

-으어억!

-커업!

작은 벌레가 뿜은 녹색 먼지가 허공을 뒤덮자 아머 스켈레톤을 제외한 일반 검뻐 대부분이 녹아버렸기 때문이다. 아머 스켈레톤 역시 무사하지만은 않았다. 뼈가 워낙에 강해서 버티는 것이었기에 서둘러 자리를 피했다.

-뭐지?

-일단 물러서.

뒤로 물러난 아머 스켈레톤들. 그러자 벌레가 쫓아왔다.

부르탄이 한 걸음 나아가며 턱을 벌렸다. 기파를 사용한 것이다.

뒤이어 아머메이지가 마법을 날렸고 아머아처는 뼈 화살로 공격을 시도했다.

쾅. 콰아앙!

그 공격에도 벌레는 정신을 차리지 못했다. 아머나이트와 아머기마병은 거리를 좁힌 후 각자의 무기를 휘둘렀다. HP가 그리 높지는 않은지 벌레는 금방 죽어버렸다.

-처리했다.

하지만 이제 겨우 시작일 뿐이었다.

저 멀리, 벌레 열 마리가 날아오고 있었으니까.

한편. 소환수를 마계로 보낸 무혁은 성민우와 함께 명패에 관한 대화를 나눴다.

"이게 있으면 숨겨진 퀘스트도 받을 수 있단 말이지?"

"아니, 특급 의뢰."

"그거나, 그거나."

"아무튼 어때?"

"솔직히 나쁘지 않지. 아니다, 엄청 좋은 거지. 위브라 제국 공헌도를 얻지 못하는 건 아쉽지만 명패를 얻을 정도면 아뮤르 공작도 충분히 창고를 열어줄 수 있는 거 아냐?"

"그렇지."

"그럼 특급 의뢰를 싹쓸이하는 게 더 좋을 거 같은데? 특급 의뢰면 공헌도 보상도 더 높을 거고. 그거 쌓아서 아뮤르 공작 만나서 보상받으면 그게 최고지."

무혁도 성민우의 말에 동감했다. 실상 공헌도로 인해서 용병 의뢰는 하나의 제국에서만 꾸준히 하는 것이 좋지만 헤밀 제국에서 명패를 건네준 이상 옮기는 게 더 이득이었다.

"게다가 그 귀족은 공작이잖아?"

카이론 백작보다 더 높은 자리에 있는 귀족이란 소리였다.

"그럼 가는 걸로?"

"콜."

결정을 내린 두 사람은 곧바로 헤밀 제국으로 이동했다. 중앙 광장에 도착한 후 왼쪽에 세워진 용병 길드로 향했다. 위브라 제국과 비슷한 수의 유저가 줄을 서 있었다.

"우리도 서자."

"어."

무혁은 순서를 기다리면서 수시로 마계로 보낸 소환수들의 상태를 확인했다.

[소환수 전원 생존해 있습니다.]

아직은 모두 살아 있는 상태였다.

어?

그 순간 상태가 변했다.

[검뼈, 활뼈, 메이지가 전원 역소환됩니다.]

벌써 몬스터와 만난 것 같았다.

이런.

마계에서 역소환을 당하면 24시간은 지나야 다시 마계로 보낼 수 있기에 살아남은 스켈레톤들의 상태를 주시했다.

[소환수가 경험치를 획득합니다.]

몬스터를 처치한 모양이었다.

좋아!

무혁은 주먹을 강하게 쥐었다. 다행스럽게도 사냥이 가능한 지역이 맞았던 모양이었다.

확인부터.

[현재 획득한 소환수 경험치 : 500]

[스탯으로 변환하시겠습니까?]

[Yes/No]

예스를 택했다.

[경험치가 부족합니다.]

[스탯으로 변환할 수 없습니다.]

무혁은 고개를 끄덕였다.

역시. 아직은 부족하리라 여기고 있었기에 실망하지도 않았다. 시간이 모든 것을 해결해 줄 테니까.

미래를 꿈꾸며 부드러운 미소를 짓고 있던 무혁이 인기척에 정신을 차렸다.

"실례합니다."

용병 길드를 관리하는 NPC로 보였다.

"혹시 이 명패의 주인이 되십니까?"

NPC의 물음을 받은 성민우가 고개를 저었다.

"주인은 여기 이 친구인데요."

"아, 죄송합니다."

무혁이 명패를 받으며 NPC를 쳐다봤다.

"무슨 일이죠?"

"아, 명패를 지니고 계신데 줄을 서 계셔서 와봤습니다."

무혁이 고개를 갸웃거렸다.

"이 명패를 지닌 분은 줄을 서지 않아도 되거든요."

"아, 그래요?"

"네, 의뢰를 받으러 오신 거죠?"

"맞아요."

"그럼 절 따라오시면 됩니다."

성민우가 무혁을 보며 웃었다.

"와, 죽이는데? 줄을 안 서도 된다고?"

"그러게."

이 부분은 무혁도 몰랐던 사실이었다.

"아무튼 좋네."

덕분에 시간을 아낄 수 있게 되었다.

NPC를 따라 용병 길드 내부로 이동한 두 사람은 한쪽에 마련된 공간으로 들어가 준비된 의자에 앉았다.

"잠시만 기다리시죠."

차를 내놓더니 서류를 건넸다. 정말 대우가 제대로였다.

"천천히 살펴보세요. 전부 특급 의뢰입니다."

"아, 감사합니다."
"맘에 드는 거 하나씩 고르자."
"오케이."
의뢰를 신중하게 확인했다. 사냥 퀘스트가 확실히 많았지만 다른 퀘스트도 꽤 있었다. 그중에서도 보상이 상당히 좋은 편에 속하는 플레이어 포획 퀘스트가 눈에 들어왔다.
퀘스트를 상세하게 확인했다.

[이방인 척살자를 포획하라]
[키는 170가량. 평범한 단검을 사용하여 압박하다가 마지막 순간에는 반드시 붉은 단검을 꺼내어 사살한다는 제보가 있었다.
주로 활동하는 구역은 칸테라 소굴로 그에게 죽은 이방인만 해도 이미 수백여 명이 넘었다고 한다.
그들 중 일부가 반드시 잡기를 바라면서 귀족을 통해 의뢰를 넣었다. 그를 찾아내어 포획한 후 용병 길드를 통해 헤밀 제국에 넘기면 된다.]
[성공할 경우 : 대량의 헤밀 제국 공헌도. 극대량의 경험치. 대량의 금화.]

처음 본 극대량의 경험치였다. 공헌도도 대량이었고.
"난 골랐어."
"나도."
"난 이방인 척살자. 넌?"

"나는 탐색 퀘스트."

"아, 그거?"

"좀 귀찮아 보이긴 하는데 보상이 괜찮은 거 같더라고."

탐색 퀘스트는 헤밀 제국의 북쪽에 위치한 사냥터를 탐색하는 것이었는데 이런 퀘스트를 수행하다 보면 높은 확률로 던전을 발견하게 된다. 물론 성민우야 모르겠지만 말이다.

뭐, 나쁘지 않지.

"뭐부터?"

"음, 이방인 척살자부터?"

"콜."

두 사람은 앞에 있는 NPC에게 퀘스트를 받았다.

"이 두 가지 퀘스트로 하시는 건가요?"

"네."

"알겠습니다."

퀘스트를 습득했다는 메시지가 떠올랐다.

[임시로 기사의 자격을 얻습니다.]

그런데 낯선 메시지가 보였다.

"임시 기사?"

"네, 포획을 위해서는 기사가 되어야 하니까요."

"아아."

기사가 밧줄을 사용하여 죽어버린 유저의 시체에 포획술을 사용하면 시체가 사라지지 않게 된다. 그 상태에서 감옥에 넣어버리면 재접속을 해도 감옥에 시작하는 것이다.

"그럼 잘 부탁드립니다."

"네."

퀘스트를 얻은 후 용병 길드를 나섰다.

"잡화점부터 가자."

"밧줄 사러?"

"어."

이후 군마에 탑승한 채로 칸데라 소굴로 이동했다.

칸데라 소굴에 도착한 후 사냥을 하면서 주변을 돌아다녔다. 만나는 유저들을 유심히 살피며 은밀히 따르기도 했다.

하지만 그들 전부가 평범한 파티일 뿐이었다.

그러다 저녁시간이 되어 로그아웃을 했다.

[뭐 해, 오빠?]

예린이가 보낸 문자가 와 있었다.

20분 전이네.

서둘러 답장을 보내자 바로 다시 문제가 왔다.

[어, 점심 먹으려고 방금 나왔어.]

[일이 있어서 서울에 왔는데 볼래?]

밥 먹을 시간이야 충분했다.

[저녁 먹었어?]

[아니.]

[그럼 저녁이나 같이 먹을까?]

[응, 좋아.]

옷을 차려입고 집을 나선 무혁은 차를 끌고 용산역으로 향했다. 계단 쪽에서 기다리고 있는 예린이 보였다. 검은 스타킹에 짧은 핫팬츠를 신고 넉넉한 티셔츠를 입고 있었는데 그 모습에 한동안 멍하니 그녀를 바라보는 무혁이었다.

"크흠."

겨우 정신을 차를 주차한 후 그녀에게로 향했다.

"오빠, 여기!"

"어, 혼자야?"

"응, 친척 만나러 왔다가 시간이 남아서."

"잘됐네. 가자."

"응!"

주차되어 있던 차에 올랐다. 출발하려던 무혁이 잠깐 멈칫거렸다. 아직 예린이 안전벨트를 착용하지 않은 상태였다. 몸을 틀어서 조수석의 벨트를 당기기 위해 손을 뻗었다.

"오, 오빠?"

무혁이 안전벨트를 잡고 당기면서 그녀를 쳐다봤다.

"응?"

그제야 벨트 때문임을 깨달은 예린이 고개를 저었다.

"아니, 아무것도 아니야."

무혁은 고개를 끄덕이며 벨트를 꽂았다. 그 와중에 얇으면서도 탄력적인 그녀의 허벅지 라인이 눈에 들어왔다.

황급히 시선을 떼며 정면을 바라봤다.

"가, 간다?"

"응!"

마음을 가라앉히고 출발했다.

"참, 축하해."

"뭐가?"

"대회에서 우승한 거."

"아아, 고마워."

"헤헤, 그런 의미로 내가 쏠게!"

"음? 아냐. 멀리서 왔는데."

"괜찮아, 괜찮아."

"내가 안 괜찮아."

"치."

이후로는 조용한 상태로 운전에 집중했다. 그러다 신호에 걸려 차를 세웠다.

스윽.

자기도 모르게 고개를 돌리는 무혁이었다.

예린은 휴대폰을 보고 있었다.

예쁘네.

일루전에서도 그랬지만 현실에서는 더욱 아름다웠다.

주책이군.

다시 정면을 바라보며 운전에 집중했다. 그 순간 예린이 무혁을 바라보며 알 수 없는 묘한 표정을 지어 보였다.

잠시 후. 목적지인 레스토랑에 도착했다.

"여기야?"

"어, 꽤 맛있어."

"헤헤."

안으로 들어간 두 사람은 자리를 잡고 음식을 주문했다. 먼저 식전빵과 스프가 나왔다. 빵을 스프에 찍어서 먹으니 상당히 고소했다.

"와, 진짜 맛있다."

"그치?"

시전요리들이 뒤를 이었다. 이윽고 메인요리의 등장.

슥삭.

칼이 아주 잘 들었다.

예린은 즐거움을 참을 수 없는지 미소를 크게 지었다.

"너무 맛있어."

그러더니 양고기 스테이크를 잘라 무혁에게 건넸다.

"아."

"응?"

"아, 하라구."

잠시 머뭇거리던 무혁이 입을 벌렸다. 쏙 들어오는 양고기 특유의 향이 먼저 느껴지고 뒤이어 식감이 입안을 채웠다.

"어때?"

"완전 맛있네."

"그치, 그치."

무혁도 자신의 안심 스테이크를 썰었다.

"줄까?"

"응!"

무혁 역시 예린에게 안심 스테이크를 먹여줬다.

"와인도 마셔봐."

"응."

서비스로 나온 와인까지도 맛이 좋았다.

"아, 좋다."

분위기가 꽤나 화기애애했다.

한 잔, 두 잔……. 어느새 와인병이 비워졌다.

술이 약했던 것인지 그녀의 혀가 꼬이기 시작했다. 그러다 갑자기 예린이 무혁을 빤히 쳐다보기 시작했다.

그 뜨거운 시선에 괜히 낯이 간지러워졌다.

"오빠아."

"응?"

"이제 나가자아."

"어, 그래."

값을 지불하고 밖으로 나갔다.

그때 갑자기 예린이 무혁의 팔짱을 꼈다.

"어지럽다아."

"어, 어……?"

꽤나 당황한 무혁이었다. 가슴이 팔뚝에 닿은 탓이었다.

너무나 여실하게 느껴지는 그 부드러운 감촉에 몸이 순간 뻣뻣해졌다. 사실 전생에서부터 무혁은 여자 관계에 약했다.

"오빠."

"어?"

"어지럽다구우."

그녀의 재촉에 얼떨결에 대답하고 말았다.

"쉬, 쉬다 갈까?"

"어디서?"

"어, 그게……."

주변을 보는데 모텔이 왜 이렇게도 많은지.

"변태."

"어? 그, 그런 게 아닌데."

당황한 무혁을 보며 웃던 예린이 무혁을 끌기 시작했다.

"어디 가는 거야?"

"따라와."

그녀가 향한 곳은 ××모텔이었다.

다음 날. 눈을 뜬 무혁은 옆에 누워 있는 예린을 바라보며 숨을 들이켰다. 꿈이 아니었던 것이다.

그녀가 적극적으로 나오니 도저히 뿌리칠 수가 없었다.

남자인 이상, 어찌 거절할까.

그 정도로 예쁜 예린이었으니까. 착하기도 하고.

슬쩍 이불을 내리자 벗은 그녀의 몸매가 드러났다.

꿀꺽. 절로 침이 삼켜질 정도로 아름다웠다.

사실 전생에서부터 무혁은 여자관계에 있어서만큼은 숙맥이라도 해도 좋을 정도로 수동적이었다. 예린이 적극적으로 나오지 않았다면 그녀와의 관계도 흐지부지되었으리라.

하지만 관계가 발전한 이상 기회를 놓칠 바보는 아니었다.

"으음, 오빠?"

"일어났어?"

"으응."

예린이 부끄러운 듯 이불을 올렸다. 무혁은 다시 내렸고.

"왜 그래에."

"예뻐서."

그러면서 예린의 몸을 돌렸다.

눈이 마주치고. 무혁은 서서히 그녀와의 거리를 좁혔다.

이윽고 서로를 탐닉하기 시작했다.

"아……."

뜨거운 시간을 보내고 모텔에서 나와 헤어졌다.

"일요일에 오는 거지?"

"그래."

고속도로가 뚫린 덕분에 1시간 정도면 볼 수 있어서 딱히 장거리 연애라고 보기도 어려웠다.

"오늘은 버스 정류장까지만 데려다줘."

"아냐, 강릉까지 데려다줄게."

"너무 멀잖아."

"그 정도야, 뭐."

"진짜 괜찮아. 버스 정류장까지만. 알겠지?"

"그래, 알았어."

"헤헤. 착하다."

그러면서 까치발을 들더니 무혁의 머리를 쓰다듬었다.

이거, 참. 이상하게 기분이 좋았다.

아무튼 그녀를 버스 정류장까지 데려다준 무혁은 집으로 돌아가는 길에 성민우의 전화를 받았다.

-야! 어제 왜 접속 안 했어?

"아, 미안."

-어우, 문자라도 보내놓든가.

"깜박했네."

-뭔데? 무슨 일이라도 있어?

"어, 그게……."

어제 일이 떠오르자 괜히 부끄러워졌다.

"예린이랑 사귀게 됐어."

-어? 누구랑 사겨?

"예린이랑 사귄다고."

-헐, 대박. 내가 지금 잘못 들은 거 아니지?

"아닐걸."

-진짜로 예린 님이랑 사귄다고?

"어, 그렇게 됐다."

-미친, 초대박 사건! 당장 나와라! 어디냐?

"용산역 근처."

-당장 간다. 기다려라.

"굳이?"

-네 인생 최고의 사건인데 이야기는 들어봐야지!

"최고의 사건까지야……"

-20분 안에 도착하니 기다려라, 끊는다!

전화가 끊겼다. 정말 20분도 되지 않아 성민우가 도착했고 무혁은 어제 그녀와의 만남을 대략적으로 설명해 줬다.

그 이야기는 시간이 지날수록 자세하게 변했다.

"허얼, 레알?"

"어, 그러다가……."

이야기를 들으며 크게 반응하는 성민우의 반응이 재밌기도 했고, 또 무혁 본인 역시 예린과 연애를 시작했다는 사실이 실감나면서 살짝 흥분한 탓이었다.

"크, 부럽다. 진짜."

그 부러움은 진심이었다.

"크흠."

무혁 역시 괜히 어깨가 으쓱거렸다.

그렇게 둘은 아침을 함께 먹으며 1시간가량을 보냈다. 이후 각자의 집으로 돌아가 일루전에 접속했다.

몬스터 칸데라를 사냥하면서 간간이 보이는 유저들을 자세하게 살폈다.

그러다 한 무리의 파티와 가까워졌다.

"좀 더 깊이 가 볼까요?"

"음, 전 상관없어요."

"저도요."

"좋아요. 그럼 가는 걸로 정하죠."

존댓말을 하는 걸로 봐서 사냥을 위해 모르는 이들과 파티를 맺은 것으로 추정이 되었다. 하지만 단검을 무기로 하는 유저는 역시나 없었다.

"어쩔까?"

"흐음."

고민하던 무혁이 고개를 저었다.

"다 장검이니까 없겠지."

"그럼 더 돌아다녀 보자."

"그래."

보다 깊은 사냥터로 향하는 파티를 지나친 두 사람은 나타난 한 마리의 칸데라를 사냥한 후 또 다른 유저를 찾기 위해 걸음을 옮겼다.

한편. 조금 더 깊은 사냥터로 진격하던 파티 역시 칸데라와 마주쳤다.

"한 마리는 이제 쉽네요."

"깊이 들어가서 두 마리 정도는 사냥해야 할 것 같아요."

"위험할 거 같은데……."

"흠, 괜찮을 거예요. 아직 제대로 한 것도 아니잖아요?"

"그렇긴 하지만."

"가 보죠?"

은근히 깊은 곳으로 가자고 자꾸 재촉하는 유저는 검과 방패를 든 평범한 사내였다. 키는 170 정도로 보였는데 눈매가 찢어진 것이 썩 좋은 인상은 아니었다.

"한번 가 봅시다, 그럼."

"흐음, 그럼 위험하면 빠지는 걸로 하죠."

"좋아요."

의견을 조율한 후 앞으로 나아갔다. 눈이 찢어진 사내는 일부러 속도를 늦춰 가장 후방에 위치했다. 전원이 전방을 주시하는 상황에서 그가 비릿하게 웃더니 주변을 살폈다.

아무도 없고. 이제 곧 기회가 오리라.

방패를 만지는 손길이 음흉해진다. 손잡이 위쪽. 숨겨진 붉은 단검을 쓰다듬은 후 아무 일도 없었다는 듯 걸음에 속도를 더하는 사내였다.

수백 명을 죽인 PK범. 그는 스스로가 대견스러웠다.

크큭.

이번 먹잇감도 기대가 되었다. 과연 얼마나 강해질까.

"미스트 님?"

"아, 네."

미스트는 빠르게 표정을 바꾸며 눈앞의 여인을 쳐다봤다.

"뒤에 뭔가 있나요?"

"네?"

"뒤쪽으로 계속 빠지시는 것 같아서요."

"아, 제가 걸음이 좀 느렸네요."

웃으며 선두에 섰다. 가장 먼저 죽이리라 다짐했다.

깐깐하기는.

얼마나 나아갔을까.

"저기 칸데라네요."

"두 마리군요."

"네, 꽤 깊이 들어왔다는 뜻이죠."

미스트가 파티원을 쳐다봤다.

"붙잡고 있을 테니 나머지를 처리한 후에 도와주세요."

"괜찮겠어요?"

"그럼요."

그러면서 힐끔 주변을 살폈다.

아무도 없고. 이제 계획을 실행할 차례였다.

"그럼 먼저 갑니다."

"네."

미스트가 앞으로 나아가며 한 마리의 칸데라를 유인했다.

"한 마리 부탁해요!"

"걱정 마세요!"

어렵지 않게 칸데라를 상대했다.

"조금만 버티세요, 미스트 님!"

"네!"

칸데라 한 마리를 공략하는 파티원을 보면서 천천히 칸데라를 데리고 그들의 뒤쪽으로 향했다. 파티원은 정면에 있는 칸데라를 사냥하느라 집중한 상태였기에 미스트와 미스트가 막아내고 있는 칸데라에겐 신경도 쓰지 못하고 있었다.

그러다 이상한 기척을 감지한 사제가 고개를 뒤로 돌렸다.

"어, 미스트 님. 괜찮으세요?"

미스트는 당황하지 않고 자연스럽게 말했다.

"아아, 네. 걱정하지 마세요. 좀 거칠기는 한데, 그리 위협적이진 않네요. 아, 그래도 힐은 한 번 사용해 주시고요."

"네, 힐링!"
미스트는 차오르는 HP를 보며 웃었다.
"그럼 어서 칸데라 한 마리 처리해 주고 도와주세요."
"네!"
사제가 다시 정면을 바라볼 때.
미스트가 움직였다, 등을 보인 사제를 향해서.
파밧.
넌 한 방에 끝낸다.
방패의 숨겨진 공간에서 붉은 단검을 꺼낸 후 휘둘렀다.
서걱! 사제의 목이 단번에 떨어졌다.

[붉은 단검에 쌓인 사기가 캐릭터에게 전이됩니다.]
[체력(0.1), 지식(0.1), 지혜(0.1)가 상승합니다.]

떠오른 홀로그램에 절로 미소가 그려졌다.
크흐흐.
곧바로 붉은 단검을 방패에 다시 숨겼다.
"이, 이런! 큰일 났어요! 큰일!"
이후 연기에 돌입했다.
"무슨 일이에요!"
"사제님이……!"
사제보다 앞에 있던 자들이 고개를 돌렸다. 죽어버린 사제를 보며 미간을 찌푸렸다. 미스트 역시 표정을 굳히며 칸데라한 마리를 막아내는 중이었다.

"어떻게 된 거예요!"

"죄, 죄송해요. 칸데라를 잠깐 놓쳤는데 이 녀석이 하필이면 사제님을 공격해서……."

"아, 젠장!"

"왜 하필 사제냐고!"

사제가 죽어버린 건 정말 큰일이었다.

"어쩌죠?"

"HP 상태 어때요?"

"한 마리 정도는……."

"괜찮다는 거죠?"

"네."

"그럼 도망치기도 애매하니 몬스터부터 처리하죠!"

파티원이 다시 사냥에 집중했다.

사제가 없는 상황, 한 대라도 덜 맞아야만 했다.

"흐흐."

미스트는 상대하던 칸데라의 공격을 요리조리 피하면서 파티원을 꾸준하게 살폈다. 사제가 없는 상태라 그들의 HP는 꾸준히 빠지고 있을 것이었다. 마침 선두에 있던 기사가 표정을 찌푸리며 뒤로 물러났다.

"현성 님, 잠깐만 부탁해요!"

"제가요?"

"30초만요."

"하아……."

도적계열의 유저가 칸데라를 맡게 되었다.

"언제까지 막아요!"

"조금만 더요!"

도적 유저, 현성은 30초를 버티며 꽤나 피해를 입었다.

HP가 절반에 가깝게 줄어들 즈음에야 다시 기사가 나섰다. 물러나는 현성도, 앞으로 나아가 칸데라를 다시 막아야 하는 기사도 분위기가 좋지 않았다. 그제야 미스트가 파티원이 있는 곳으로 조심스럽게 다가와 버틸 수 없다는 듯 바닥을 구르며 파티원 사이에 숨었다.

"뭐예요!"

"죄, 죄송해요. HP가 바닥이라……."

"아, 놔!"

"진짜, 미친 거 아니에요?"

결국 그들 파티는 사제가 없는 상황에서 두 마리의 칸데라를 상대하게 되었다. 당연히 위태로웠다.

"시발, 어떻게든 해보라고!"

누군가의 외침에 미스트가 대답했다.

"제, 제가 다시 막아볼게요!"

그에 파티원들의 시선이 일순간 집중되었다.

다들 못마땅한 표정이었다.

"어쩌려고요!"

"이, 일단은……."

HP가 낮은 도적 계열의 유저에게 다가갔다.

"이렇게."

붉은 단검으로 틈을 노렸다.

휘릭.

갑옷을 두드려도 대미지는 들어가지만 그럼에도 불구하고 틈을 노린 것은 크리티컬을 노리기 위함이었다.

예상대로였다.

[크리티컬이 터졌습니다.]

대미지가 뻥튀기되어서 들어갔다.

"무, 무슨 짓이야!"

"어떻게든 해보라며."

미스트가 기괴하게 웃었다.

"너 이 개새……!"

그제야 눈치를 챈 모양이었다.

플레이어 킬러. 이미 너무 늦었다.

"그냥 죽어."

미스트의 공격이 본격적으로 시작되었으니까.

남은 두 명의 파티원. 기사와 마법사는 상황 파악이 안 되어 멍하니 있었다. 그사이 도적 계열의 유저를 죽인 미스트는 또다시 떠오른 홀로그램을 보며 웃었다.

[힘(0.1), 민첩(0.2), 체력(0.1)이 상승합니다.]

곧바로 마법사에게 돌진했다.

"마, 막아!"

뒤늦게 정신을 차린 기사와 마법사가 합심했지만 칸데라를 사냥하면서 이미 피해를 입은 상태였다. 그 상황에선 결코 미스트를 막을 수 없었다. 두 명의 유저가 정상이었더라도 막아내기가 어려웠을 것이다. 이미 100명 이상의 유저를 붉은 단검으로 죽이면서 스탯을 상당히 올렸으니까.

"아아."

기분 좋은 탄성이 흘러나왔다. 0.1씩 올랐던 스탯들 중에서 힘이 1에 도달하여 상태창에 변화를 안겨준 덕분이었다.

겨우 1이라고 볼 수도 있겠지만 이 작은 것이 쌓여 지금의 강력한 스스로를 만들었기에 결코 무시하지 않았다.

만족감이 머리끝까지 차올랐다.

스윽.

붉은 눈을 가리고 있던 투구를 벗어버렸다.

역시, 이 맛이지.

답답하던 갈증이 시원하게 풀렸다. 한동안 그렇게 바람을 즐기던 미스트가 다시 투구를 착용했다.

그럼, 다음 먹잇감을 찾아볼까.

걸음을 내디뎠다. 칸데라 소굴을 벗어나기 위해서였다.

적당히 이동하다가 파티 하나를 발견했다. 인원은 5명, 수가 많았고 조합도 좋았기에 그냥 지나쳤다.

외곽으로 향할수록 유저가 늘어나기에 걱정할 건 없었다.

"음?"

그때 두 명의 유저가 눈에 들어왔다.

두 명이라. 겨우 두 명이란 사실이 아쉽긴 하지만 그래도 안전이 보장된 먹잇감이었다.

괜찮겠는데?

일단은 둘의 사냥을 지켜봤다.

한 명은 무투가. 또 다른 한 명은 궁수로 추정이 되었다.

흐음. 지켜보는 와중에 자꾸만 명치 부위가 간질거렸다.

왜 낯이 익지?

순간 그런 생각이 들었지만 아무리 봐도 안면이 있는 자들은 아니었다.

말을 걸어보면 알겠지. 정말 안면이 있는 자들이라면 티가 날 것이다.

천천히 그들에게 다가갔다.

"아, 저기……."

"음?"

"시, 실례합니다."

무혁이 그를 빤히 쳐다봤다.

"무슨 일이세요?"

"그, 사냥하다가 파티원이 바쁜 일이 있다고 가버려서요."

"……."

"다시 돌아가자니 시간이 너무 아깝기도 하고요. 혹시, 잠깐이라도 좋으니 파티 가능할까요? 레벨은 117이라 충분히 한 사람 몫은 할 수 있는데……."

"레벨이 꽤 높으시네요."

"고, 고맙습니다."

"흐음, 그런데 파티라……."

"무리일까요?"

무혁이 성민우를 쳐다봤다. 서로 눈빛을 주고받는다.

짧은 시간이었지만 많은 의미가 오갔다. 보다 확실한 의논이 필요했기에 다가온 사내에게 양해를 구했다.

"둘이서 의견을 좀 나눠볼게요."

"그, 그러세요."

"그럼, 잠시만."

무혁과 성민우가 다가온 사내와 거리를 벌렸다.

"어때 보여?"

"뭐, 투구를 써서 생긴 것도 안 보이고. 눈도 안 보여서."

"그래도 좀 수상하다는 거지?"

"아무래도 이상하긴 하지. 갑자기 파티가 해체되었다니. 하필 그 PK범이 주로 활동하는 여기서 말이야."

"우리 두 명한테 온 것도 이상하고."

"맞아, 네 명 정도 파티를 유지하는 곳에 들어가는 게 사냥은 더 수월할 테니까."

"굳이 우리한테 왔다는 건……."

노림수가 있다는 것. 그 노림수가 PK일지는 확인을 해봐야 할 문제였다.

"따라가 보자."

"오케이."

결정을 내리고 사내에게 다가갔다.

미스트 역시 둘이 꽤 오랜 대화를 나누는 것을 보고 처음 만나는 것임을 확신했다. 만약 PK를 당했던 유저들이라면 그 분노 때문에라도 결코 저렇게 자연스럽진 못할 테니까.

"이름이 어떻게 되죠?"

"아, 미스트입니다."

"생각을 해봤는데 저희도 두 명보다는 한 명이 더 있는 게 사냥에도 수월할 것 같네요."

"그럼……."

"네, 파티하죠."

"감사합니다!"

"그럼 사냥할까요?"

"그러죠."

파티를 맺고 곧바로 칸데라를 사냥하기 시작했다. 미스트가 선두에서 방어를 전담한 덕분에 무혁과 성민우는 편안하게 사냥할 수 있었다. 미스트는 한 마리의 칸데라를 사냥한 다음 두 사람을 바라보며 물었다.

"좀 수월해졌나요?"

"좋네요."

그 대답에 미스트가 속으로 웃었다.

크크, 그렇게 넘어오는 거야.

그 뒤로도 사냥이 한동안 이어졌다.

무혁과 성민우 역시 들으라는 듯, 수시로 대화를 나눴다.

"와, 진짜 편한데?"

"그러게."

대략 30분을 더 사냥했을 즈음.

"이 정도면 두 마리도 가능하겠는데?"

"두 마리?"

"안 되려나?"

"음, 뭐 안 될 건 없지만."

성민우와 무혁은 조금 더 노골적으로 나갔다.

듣고만 있던 미스트가 그 순간 나섰다.

"어, 저기."

"네?"

"한 마리만 잡으려니 심심해서요. 두 마리도 그렇게 어려울 것 같지 않고요. 한 마리를 제가 담당할 수 있으니……."

"그래요?"

"네."

"두 마리를 잡아보자는 거죠?"

"맞아요."

무혁과 성민우가 고심하는 척을 했다.

미스트는 한발 물러나야 하는 순간이라고 생각했다. 게임이고, 또 스스로가 강하다고 착각하는 유저들은 물러나면 오히려 쫓아오게 마련이니까.

"아니, 아니에요. 제가 욕심이 과했나 봐요. 괜히 무리하면 안 좋잖아요. 그냥 계속 한 마리만 잡아요."

이 말이 자존심을 긁으리라. 예상대로 반응이 왔다.

"아뇨, 미스트 님이 한 마리를 감당하면 될 거 같은데요."

"어, 그런가요?"

"그럼요."

"음, 하지만 위험할 거 같기도 한데……."

무혁이 속으로 웃었다.

이거, 더 수상하잖아?

미끼를 던지고 이리저리 흔들어 대고 있지 않은가. 마치 제발 좀 물어달라는 것처럼 말이다. 그래서 물어줬다.

"아뇨, 중심지로 갑니다."

아주, 제대로 말이다. 그제야 미스트가 고개를 끄덕였다.

"그렇게까지 말한다면야."

"바로 갑시다."

"알겠어요."

확실하게 결정이 내려지자 미스트가 적극적으로 나섰다. 중심지로 향하기 위해 속도를 높인 것이다. 그러면서도 수시로 주변을 꼼꼼하게 살피는데 그건 몬스터를 찾는 것이 아니라 유저들이 있는지 없는지를 확인하는 작업 같았다.

역시, 이상해.

의심이 더욱 명확해졌다.

“이쪽으로 가죠.”

유저들이 보이면 그곳을 피해서 이동하는 것이 아닌가.

심증 90퍼센트. 이제 물증을 잡아야 할 차례였다.

붉은 단검. 그것만 확인하면 곧바로 제압하여 포박할 생각이었다. 그때 미스트가 멈췄다.

“칸데라예요.”

“두 마리네요.”

“네.”

“벌써 중심지라. 생각보다 가깝군요.”

“그러게요. 일단 제가 한 마리를 상대할 테니까 두 분이 나머지 한 마리만 최대한 빨리 처리해 주세요.”

“괜찮겠어요?”

“그럼요.”

“그럼 저희 둘이서 한 마리를 빨리 처리하죠.”

“좋아요. 그럼 유인합니다!”

미스트가 앞으로 돌진했다.

파밧.

그는 한 마리의 칸데라를 가볍게 유인했다. 그의 뒷모습을 바라보던 성민우와 무혁은 의미심장한 시선을 주고받았다.

이후 남은 한 마리의 칸데라에게 다가가 아슬아슬한 상황을 연출하며 사냥을 이어 나갔다. 쉽게 잡을 수 있지만 그러지 않았다.

"아직 멀었어요?"

"조금만 더요!"

미스트의 행동을 확인하기 위해서였다.

"아직이에요?"

"거의 다 잡았어요!"

"서둘러 주세요!"

"네!"

무혁과 성민우는 대답하며 칸데라를 압박하는 연기를 했다. 물론 휘청거리며 뒤로 밀려나는 것도 잊지 않았다. 분명히 밀어붙이고 있지만 시간은 꽤 걸릴 것 같은 모습이었다. 그 상황을 지켜보던 미스트가 드디어 행동에 나섰다.

슬금, 슬금.

조금씩 무혁과 성민우가 위치한 곳으로 움직였다.

두 사람은 미스트가 다가오고 있다는 사실을 알아차렸지만 서로를 한 번 바라본 후 앞에 있는 칸데라에게 집중할 뿐이었다. 그사이 도착한 미스트가 바닥을 굴렀다.

"헉, 허억."

거친 호흡을 내뱉는 연기가 작렬했다.

"무슨 일이에요!"

"죄, 죄송해요. 갑자기 HP가 바닥나는 바람에……."

"허어."

그사이 미스트가 상대하던 칸데라가 지척까지 도달했다. 별수 없이 성민우가 다가오는 칸데라 한 마리를 맡았다.

무혁이 한 마리, 성민우가 한 마리를 맡게 된 상황이었다.

미스트는 둘의 가운데에서 숨을 고르고 있었고.

"어서 HP 채우고 도와요!"

"네, 네!"

미스트는 대답하며 손을 움직였다.

방패 뒤쪽. 숨겨진 공간에 놓인 붉은 단검을 꺼낸 것이다.

그리곤 무혁을 쳐다봤다.

궁수니까 HP가 낮겠지.

한 명을 처치한 후 남은 무투가를 죽이면 되리라.

파밧.

지면을 박차고 나아가던 미스트의 동공이 흔들렸다.

어……?

무혁이 고개를 뒤로 돌린 채 미스트를 직시한 탓이었다. 무언가가 잘못되었음을 직감한 미스트였지만 전력을 다해 쏘아진 신체에 제동을 걸기엔 너무 늦어버린 상황이었다.

하지만 이내 당황은 사라졌고 냉철한 잔인함이 고개를 내밀었다. 설혹 들켰다고 하더라도 상관없었다.

상대는 겨우 두 명. 충분히 처리할 자신이 있었으니까.

붉은빛이 몰아쳤다. 단검이 무혁의 갑옷을 타격하기 직전 갑자기 나타난 무언가에 막혀 버렸다.

쿠웅.

주변을 가득 메운 수십의 스켈레톤이 오직 한 명, 미스트만을 뚫어지게 쳐다보고 있었다. 검은 안광을 쏘아대면서 말이다.

나아갈 수도, 움직일 수도, 물러날 수도 없었다.

사방이 스켈레톤으로 가득했으니까.

"뭐, 뭐야……?"

"뭐긴, 너 잡아먹을 스켈레톤이지."

아머나이트가 거리를 좁혔다.

"이런, 시발!"

스켈레톤을 보고서야 그가 누구인지를 생각해 냈다.

토너먼트 우승자 무혁. 어쩐지 낯이 익다 싶었더니.

그런데 그가 왜?

"퀘스트?"

"정답."

무혁은 웃으며 시위를 놓았다.

파앙!

뻗어 나간 화살이 미스트를 노렸다. 미스트가 단검으로 화살 한 대를 튕겨냈을 즈음 지척에 도달한 아머나이트 세 마리가 동시에 무기를 내려찍었다. 뒤이어 아머기마병의 창이 뻗어졌고 하늘은 뼈 화살로 가득해진 상태였다.

"미친……!"

그렇다고 이대로 죽어줄 순 없었다.

붉은 눈동자. 악명이 높은 상태라 죽게 되면 무조건 아이템 하나를 떨어뜨리게 된다.

그것만은 안 돼!

방법은 하나였다, 도망치는 것. 기회를 만들어야만 했다.

젠장!

속으로 욕을 뱉으며 아껴뒀던 스킬을 사용했다. 붉은 단검에서 뿜어진 빛이 사방으로 퍼져 나갔다. 수십의 스켈레톤을 감쌌을 즈음 빛은 사라지고 붉은 핏방울이 비처럼 쏟아졌다.

콰아아앙!

그리고 핏방울 하나하나가 강력한 폭발을 일으켰다.

"호오."

검뼈는 모두 역소환되고 아머메이지와 아머아처 일부도 사라졌다. 스킬의 파괴력에 흡족했던지 미스트가 웃었다.

"크흐흐."

한심한 모습이었다.

쯧.

무혁은 마무리를 짓기 위해 남은 스켈레톤에게 다시금 압박을 명령했다. 그 순간 미스트가 돌연 몸을 돌리더니 곳곳에 생겨난 틈을 공간 삼아 포위망을 벗어나기 시작했다.

그의 한심한 웃음에 약간 방심하고 있던 터라 반응을 하지 못했지만 문제없었다.

"어딜 가려고!"

성민우가 대기하고 있었으니까, 12마리의 정령과 함께.

정령들은 재빠르게 비어버린 공간을 채웠다.

"크읍!"

결국 미스트의 도주가 막혀 버렸다.

"어서 처리하고 가자."

"그래."

하지만 미스트를 쉽고 빠르게 처치할 순 없었다. 붉은 단검으로 성장한 정도가 상당한 것인지 무혁과 성민우를 상대로도 한동안 버텨낸 것이다.

"크윽……!"

물론 끝까지 살아남을 순 없었지만 말이다.

"이 새끼들, 내가 나중에 따로 보면 반드시 죽여 버리고 말 거야! 게임 접을 때까지 죽여 버릴 거라고!"

"그러든가."

화살이 쏘아지고 갑옷을 꿰뚫고 들어가면서 종료되었다.

[파티원 '미스트'를 죽였습니다.]

[유저 '미스트'의 범법 수치가 높아 악명이 오르지 않습니다.]

서둘러 앞으로 나아가 포승줄을 꺼낸 후 죽어버린 미스트를 결박했다.

[포박을 완료합니다.]

[유저 '미스트'의 시체가 사라지지 않습니다.]

그렇다고 아이템을 떨어뜨리지 않은 건 아니었다. 바닥에서 빛을 뿜는 아이템 하나, 작은 귀걸이를 집어 들었다.

"아쉽네."

"뭐야, 뭔데?"

"그냥 잡템."

사실 잡템으로 취급할 정도로 성능이 낮은 아이템은 아니었지만 무혁은 관심이 없었다. 귀걸이를 성민우에게 넘기니 마침 지혜가 부족했다면서 곧바로 착용했다.

흐음.

포박된 미스트의 시체를 보며 붉은 단검을 떠올렸다.

탐나는데, 얻을 방법이 없을까? 부탁해 봐야겠어.

당연히 미스트에게 부탁할 건 아니었다.

"이제 가자."

무혁은 군마를 소환했고 포박된 시체를 군마에 싣고 헤밀 제국으로 향했다.

헤밀 제국의 용병 길드 관리자와 함께 성내로 진입했다.

"와, 여긴 처음이네."

"뭐, 위브라랑 비슷하지."

"그래도 느낌이 좀 다르긴 하네."

"아무래도?"

위브라는 웅장한 느낌이었지만 헤밀 제국의 성내는 좀 더 굳건한 분위기였다. 두 사람이서 이런저런 대화를 나누는 사이에 목적지에 도착했는지 관리자가 고개를 돌렸다.

"여깁니다."

"아, 네."

관리자가 다가가니 경비원 한 명이 내부로 들어갔다.

얼마 지나지 않아 귀족이 나타났다.

"이분들인가?"

"네."

"그 녀석은?"

무혁이 옆으로 물러서니 군마의 등에 포박되어 있는 미스트의 사체가 드러났다. 귀족은 고개를 끄덕이며 다가왔다.

"맞군."

그러면서 무혁과 성민우를 쳐다봤다.

"고생했네."

"아, 네."

하대가 거슬렸지만 그러려니 여겼다.

[퀘스트를 완료합니다.]

[극대량의 경험치를 획득합니다.]

[레벨이 상승합니다.]

[헤밀 제국의 공헌도(30)를 획득합니다.]

[대량의 금화를 획득합니다.]

메시지가 떠올랐으나 무혁은 돌아가지 않았다.

"음, 저기."

"왜 그러나?"

"부탁 하나 해도 될까요?"

귀족의 미간이 찌푸려졌다.

"부탁?"

"네."

"그럴 사이는 아닌 거 같군. 가 보게."

"……."

붉은 단검을 놓치고 싶지 않았다. 허락만 해준다면, 그럼 24시간마다 찾아와서 놈을 죽이면 된다. 미스트의 악명이 떨어지지 않으니 계속 아이템을 토해내도록 만들 수 있다.

"뭘 멍하니 있나?"

문제는 눈앞의 귀족이었다. 어떤 말을 해도 들어줄 것 같지가 않았다. 그때였다. 한 줄기 구원의 빛이 내려왔다.

"자네!"

갑작스러운 외침에 고개를 돌리니 낯익은 중년 귀족이 다가오고 있었다.

"왔으면 날 먼저 찾았어야지!"

"아, 아뮤르 공작님."

"오, 기억하고 있었군."

"물론이죠."

갑작스러운 아뮤르 공작의 등장에 무혁을 아니꼽게 쳐다보던 귀족의 표정이 굳어버렸다. 그는 한낱 남작이었다.

"자네가 들어왔다는 소식에 급히 나온 거라네."

"아……."

게다가 저런 친근함을 표현하다니.

"고, 공작님."

"오, 킨베르 남작이군."

"예, 여긴 어쩐 일로 오셨는지……."

"아, 이 친구 좀 보러 왔지."

무혁을 쳐다보는 아뮤르 공작의 행동에 킨베르 남작의 동공이 흔들렸다. 무혁이 방금 전의 일을 문제 삼는다면 난감해질 것이 보였기 때문이다. 평소에도 아뮤르 공작에게 좋지 않은 말을 많이 듣는 그였으니 당연한 일이었다.

"이, 이 친구를 왜……?"

"그거야 내 사정이니 자넨 알 것 없네."

"아, 예."

"그보다 자넨 왜 이 친구와 있는 건가?"

"제가 용병 길드에 의뢰 하나를 맡겼습니다. 여기 있는 이…… 분은 제 의뢰를 완료하고 이곳에 온 겁니다."

"그런가? 최대한 편의를 봐주도록."

"아, 알겠습니다."

아뮤르 공작이 다시 무혁을 쳐다봤다.

"오늘은 그냥 인사나 하러 왔으니 부담 갖지 말게. 다음에 성내로 오게 되면 꼭 날 찾아오도록 하고."

"알겠습니다."

"오늘은 나도 바쁜 일이 있으니 이만 가 보겠네."

돌아가는 아뮤르 공작을 보며 남작이 고개를 숙였다.

"살펴 가십시오."

허리를 편 킨베르 남작이 조금은 불편한 표정을 지으며 무혁에게 다가갔다.

헛기침을 몇 번 하더니 조심스레 말을 건넸다.

"크흠, 저기."

"네."

"아까 부탁이 있다고 했었나?"

"그랬죠."

"부탁이 뭔가."

"들어주실 겁니까?"

"가능하다면야."

무혁이 씨익 하고 웃었다.

운이 좋았군.

한 가지를 부탁했고, 남작이 고개를 끄덕였다.

"하루에 한 번씩 저 범죄자를 만나게 해달라?"

"네."

"뭔가 이상한 짓을 하는 건 아니겠지?"

"남작님께 해가 되는 일은 절대 하지 않을 겁니다."

원래라면 허락하지 않았겠지만 아뮤르 공작과의 연이 있는 무혁이 아니던가. 남작은 그 연줄을 무시할 수 없었다.

"좋아, 믿지."

떨떠름한 표정이었지만 무혁은 그를 신경 쓰지 않았다. 중요한 것은 그가 허락을 해줬다는 사실이었으니까.

"그럼 내일 아침에 오겠습니다."

"알아서 하게."

"찾아뵈어야 합니까?"

"아니, 기사에게 말해놓겠네."

"감사합니다."

"크흠, 고마우면 공작님께 좋게 말해주게."

"그러죠."

남작이 사라지고 무혁과 성민우는 용병 길드의 관리자와 함께 성내를 빠져나갔다.

"근데 하루에 한 번은 왜? 죽이려고?"

"어."

"아이템 먹게?"

"붉은 단검은 꽤 좋은 거 같더라고."

"아아."

"작업하다가 괜찮은 거 나오면 너도 쓰고."

"좋지. 근데 그 공작이 널 꽤 좋게 봤다 보다."

"우승자라 그런가."

"흐음, 공작이면 엄청나잖아."

"아무래도."

위브라 제국에서부터 인연을 이어온 귀족이 백작이었다. 공작은 그보다 높은 직위였는데 그 위에는 오직 황제만이 존재할 뿐이었다. 권력의 정점인 것이다.

"인연이 닿아서 공작 창고에나 들어가 봤으면 좋겠다.

"창고?"

"어, 상상만 해도…… 흐아!"

성민우가 헤벌쭉거렸다.

"창고밖에 생각이 안 나냐?"

"뭐, 사실이 그렇잖아."

무려 공작과의 인연이다. 공헌도로 아이템을 취하는 것도 좋지만 어쩌면 그보다 더한 것도 얻을 기회 아닐까?

일단은 붉은 단검부터.

공작과의 인연이야 더 깊어질 날이 올 것이다. 지금은 감옥에 갇힌 미스트를 몇 번이나 죽여야 붉은 단검이 손에 들어올지, 그게 더 기대되었다.

다음 날. 성민우와 함께 제국 북쪽의 끄트머리에 위치한 나겔의 사냥터로 향했다. 군마에 탑승한 채 전력 질주한 덕분에 도착까지 그리 오랜 시간이 걸리진 않았다.

본래는 미개척 지대였는데 최근 헤밀 제국에서 이곳을 발견했다. 지금은 조금씩이지만 개발되는 상황이었다.

"마을이다."

이제 막 지어지기 시작하는 작은 마을이 보였다. 인부로 추정되는 NPC들이 각종 도구를 손에 쥐거나 어깨에 멘 채 돌아다니고 있었다.

생각보다 그 수가 많아 시끌벅적한 상태였다. 게다가 마을

밖이라고 할 수 있는 사냥터 역시 적막하지 않았다.

"유저가 꽤 있네?"

"그러게."

지금 눈에 보이는 유저만 해도 대략 20여 명이었다. 아무래도 미개척 지역인 만큼 아직 발견되지 않은 던전과 같은 것들을 기대하며 돌아다니는 중이리라.

"우리도 움직이자."

"오케이."

군마가 있기에 저들보다는 훨씬 유리했다.

뿐인가.

"소환."

스켈레톤의 힘을 빌린다면 빠르게 탐색이 가능해진다.

"스컬 스네이크 소환."

이후 스켈레톤을 사방으로 보냈다. 성민우 역시 정령 12마리를 골고루 분포하여 내보냈다. 몬스터가 나오지 않는 장소에 자리를 잡고 앉은 두 사람은 소환수의 시야에 집중할 뿐이었다.

"뭐 좀 찾았냐?"

"전혀."

다시 대화가 단절되었다. 대략 40분이 흐르고.

"아, 벌써 지겹다."

"……."

"아, 참. 너 근데 예린 님은 언제 보러 가냐."

예린이란 단어에 무혁의 집중력이 깨어졌다.

"일요일."
"그럼 그땐 접속 못 하겠네?"
"글쎄."
"접속하려고?"
"뭐, 가능하면?"
일단 접속을 해야 미스트를 죽일 수가 있으니 말이다.
"그냥 못 한다고 생각하고 혼자서 사냥하고 있어."
"그래야겠다."
그러면서 한숨을 쉬는 성민우였다.
"에휴, 나도 여친을 만들던가 해야지."
"크크."
시답잖은 대화를 나누면서 시간을 보냈다. 그러는 사이 탐색 퍼센트가 꽤 올랐다.

[개척의 시작]

[헤밀 제국의 북쪽에 위치한 나겔의 사냥터로 향하라. 지도를 만들 수 있을 정도의 수준까지 탐색해야 한다.
(최소 탐색 수치는 80이며 성과에 따라 보상의 수준이 달라진다.)]
[성공할 경우 : 헤밀 제국 공헌도, 경험치, 골드.]
[탐색 수치 : 37]

"벌써 37이야? 몇 시간이면 80은 찍겠는데?"
"80 찍으면 바로 가게?"

"아니지. 최소한 90은 찍어야지."

"뭐, 90도 금방이겠지. 우리한텐 최적의 퀘스트니까."

"아마도?"

"이런 퀘스트만 연달아서 깨면 엄청나겠다."

문제는 이와 흡사한 퀘스트가 거의 없다는 점이겠지만 말이다. 이제 막 개척을 시도하는 지역을 제외하고는 전부 지도가 만들어졌을 테니까.

"후아, 근데 좀 지겹긴 하다."

"좀 지치기도 했고."

계속해서 소환수의 시야를 본다는 게 쉬운 일이 아니었다.

MP도 꽤 떨어진 상태였다.

"사냥이나 좀 할까?"

"좋지."

어차피 시야 확보가 범위의 한계에 도달한 상태였다.

다시 탐색하기 위해선 자리를 이동할 필요가 있었기에 소환수를 모두 불렀다. 산책을 하듯 느긋하게 걷던 두 사람은 저 멀리서 놀고 있는 몬스터, 나겔을 발견하고는 그곳으로 향했다. 그사이에 소환수가 모두 돌아와 둘을 보호하듯이 에워쌌다.

성민우가 미간을 찌푸렸다.

"이상하게 생겼는데?"

사람처럼 이족 보행을 하는 몬스터였는데 손과 발이 검날처럼 예리했고 얼굴 역시 위로 향할수록 뾰족해졌다.

"그런가."

물론 무혁은 알고 있는 몬스터였다.

상대하긴 까다롭지만, 평범한 유저였다면. 상관없지.

아머 메이지에게 마법 공격을 명령했다. 쏘아진 마법들은 각양각색의 색이 뿜으며 서로 어우러졌다. 그것들이 단 한 마리, 나겔을 노린 채 떨어졌다.

콰아아앙!

후폭풍이 휘몰아쳤다. 자그마한 버섯구름을 형성하는가 싶더니 이내 뭉개졌다. 아직 버섯구름을 형성할 수준의 폭발력은 아니었던 것이다.

아쉬움은 잠시.

아머아처, 파워샷. 활뼈, 연사.

"키하아아악!"

녀석은 확실히 강했다. 검날처럼 예리한 손을 막아내지 못하면 소환수가 두 동강이 나버릴 정도였다.

게다가 휘두르는 속도도 빨랐고 팔, 다리, 심지어 머리까지 무기로 사용하는 탓에 움직임 예측도 어려웠다.

하지만 방패로 막아내면 그 파괴력이 현저하게 줄어들었기에 숫자로 압박하는 것이 충분히 가능했다.

아머나이트가 방어를 전담하여 놈의 움직일 공간을 줄이고 뼈 화살로 끝없는 대미지를 입혔다.

풍폭, 강력한 활쏘기로 무혁 역시 공격을 멈추지 않았다.

순간 휘청거리던 나겔의 몸에서 푸른빛이 뿜어졌다.

스킬이군.

하늘로 솟구친 녀석이 드라이버처럼 회전하더니 돌풍이 되어 내리꽂혔다. 방패로 방어하던 아머나이트 여섯 마리가 허무하게 역소환을 당했다.

"우와, 저 스킬 장난 아닌데?"

돌풍은 만족하지 못했는지 그 범위를 주변으로 넓혔다. 남은 아머나이트의 일부와 그들보다 바깥쪽에 위치하고 있던 아머기마병 몇 마리를 끝내 역소환시키고 말았다.

그제야 스킬의 사용을 멈춘 나겔이 비어버린 공간을 무대로 삼아 날뛰기 시작했다.

"내가 정령으로 막을게."

"그래."

성민우의 정령이 빈 공간을 점령해 나갔다. 아직 살아남은 아머나이트와 아머기마병 역시 나겔이 날뛰지 못하게 거리를 좁혔다.

그 덕분에 나겔은 또다시 좁은 공간에 갇혀 아머아처와 무혁의 화살을 맨몸으로 감당하게 되었다.

"크, 크르흐……."

얼마 지나지 않아 녀석이 쓰러졌고 경험치가 들어왔다.

사냥을 마치고 다시 탐색을 이어 나갔다.

[탐색 수치 : 61]

…….

[탐색 수치 : 73]

"흐음."

조금 느려진 기분이었다.

[탐색 수치 : 77]

겨우 77. 오르는 정도가 현격하게 감소했다.

"아, 젠장."

"어쩐지 쉽다고 했다."

그래도 두 번 정도 하자 80은 달성할 수 있었다.

"90까지?"

"흐음, 아무래도 보상이 다르니까. 오늘 로그아웃하기 전까지만 빡세게 돌아보자."

"오케이."

이제 한 번 탐색에 오르는 수치가 1도 되지 않았다. 허탈했지만 힘든 만큼 보상 역시 확실할 것이라는 기대감이 샘솟았다. 그 기대감을 원동력으로 저녁도 거른 채 탐색을 이어 나갔고 덕분에 10시 즈음, 수치를 89까지 올릴 수 있었다.

"지겹다! 힘들다!"

"후우, 나도."

정신력이 한계까지 사용된 기분이었다. 하루 종일 80마리가 넘는 소환수의 시야를 확인하면서 움직인 탓이었다.

사실 좀 느긋하게 해도 되지만 혹시라도 던전이 발견될 수도 있기에 눈을 뗄 수가 없었다.

물론 던전의 '던' 자도 보이지 않았지만.

"오늘은 여기까지만 하자."

둘은 내일을 기약하며 로그아웃을 했다.

다음 날 아침 일찍 눈을 뜬 무혁은 헬스장에서 운동을 한 후 집으로 향하는 길에 성민우에게 전화를 걸었다.

통화음이 이어졌지만 연결은 되지 않았다.

아직 자나?

별수 없이 문자를 남겼다.

[헤밀 제국에 갔다가 올 테니까 일단 혼자서 찾고 있어.]

집에 도착하자마자 일루전에 접속해 헤밀 제국으로 전력 질주했다. 도착하자마자 성내로 향했는데 꽤 줄이 길었다.

고민하던 무혁은 얼굴에 철판을 깔고서 입구로 다가갔다. 입구를 지키면서 신원을 확인하던 경비원이 창을 뻗으며 막아섰다.

"줄을 서주십시오."

무혁은 곧바로 품에서 명패를 보여줬다.

"이건……?"

경비원의 눈이 커졌다.

"헙! 몰라뵈어서 죄송합니다! 출입하시려는 겁니까?"

"네."

"바로 들어가셔도 좋습니다."

명패의 효과가 아주 확실했다. 안으로 들어간 무혁은 킨베르 남작의 저택으로 나아갔다. 그곳을 지키는 기사에게 명패를 보여주자 절도 있게 예의를 차린 후 감옥으로 안내했다.

"끝에 수감되어 있습니다. 열쇠는 여기에 있습니다."

"고맙습니다."

"전 밖에서 기다리고 있겠습니다."

"네."

감옥의 끝에 당도하니 구속된 상태의 미스트가 보였다. 그 역시 인기척에 고개를 들었다. 상대가 무혁임을 확인하는 순간 곧바로 입에서 욕이 튀어나왔다.

"이, 개자식이!"

"아직 기운이 있네."

"너, 내가 여기서 나가기만 하면……!"

무혁은 피식하고 웃으며 열쇠로 감옥의 문을 열었다. 훤히 드러난 미스트의 얼굴을 노리며 시위에 화살을 걸었다.

"무, 무슨 짓이야?"

"……."

대답 대신 행동으로 보여줬다.

파앙!

쏘아진 화살이 미스트의 얼굴에 꽂혔다.

"이, 이 개새……!"

"조용히 죽어."

몇 번 더 공격하자 허물어지며 죽어버렸다. 쇠사슬에 묶인 상태라 시체는 사라지지 않았지만 아이템은 떨어뜨렸다.

"또 잡템이네."

아쉬운 듯 혀를 찬 무혁은 감옥 문을 잠그고 돌아나갔다.

탐색 수치를 91까지 끌어올렸을 때였다.

"차, 찾았다."

"어? 뭘 찾아?"

"던전, 던전 찾았다고!"

무혁이 서둘러 주변을 훑었다. 다행히 성민우의 외침을 들은 유저는 없었다. 안도의 한숨을 쉬면서 성민우를 쳐다봤다. 물론 표정으로는 못 미덥다는 티를 팍팍 내고 있었다.

"던전?"

"어. 던전이야, 던전!"

"진짜?"

"진짜라니까! 못 믿는 거냐?"

"어, 좀."

"아, 놔. 따라 와봐!"

성민우가 앞장을 선 채로 걸음을 서둘렀다. 무혁은 그런 성민우의 등 뒤를 장난스러운 눈길로 바라보며 쫓아갔다.

사실 던전을 발견하는 건 쉽지가 않다. 아무것도 아닌 공간을 던전이라 여길 수도 있는 것이고. 물론 어느 정도의 기대감은 지니고 있었다. 성민우가 아무리 평소에 가볍다고 하더라도 지금 저 표정은 정말 흥분으로 가득한 상태였으니까.

거의 확신하지 않는 이상, 저렇게까지 흥분할 이유는 없으리라. 그렇다고 너무 크게 기대하면 실망도 큰 법이라 애써 솟구치려는 감정을 억눌렀다.

"어딘데?"

"거의 다 왔어."

얼마나 이동했을까. 성민우가 멈췄다.

"여기야."

앞에 정령 한 마리가 있었다. 성민우와 무혁은 정령을 지나 그 앞에 자리 잡은 거대한 나무기둥을 살폈다. 얼핏 보기에는 그냥 평범했는데 성민우는 이미 그 나무기둥의 비밀을 알기에 망설임 없이 나아갔다.

"뭐 해?"

"잘 보라고."

나무기둥과 성민우의 거리가 지척이었다. 그럼에도 멈추지 않은 탓에 나무기둥과 부딪히게 되었다. 아니, 부딪혔다고 생각하는 순간 성민우의 신체가 사라졌다.

"어?"

그제야 감이 잡힌 무혁이었다.

"허어, 이런 거였어?"

완전히 사라진 성민우가 다시 모습을 드러냈다.

"짜잔. 어떠냐?"

"확실히 던전일 가능성이 높겠는데."

"그렇다니까!"

"근데 어떻게 찾은 거야?"

"어, 그냥 정령 시야에 집중하다가 순간 집중력이 흐트러져서 멍하니 있었지. 그러다 정신을 차리고 보니까 정령이 무슨 동굴 같은 곳에 있더라고."

한마디로 행운이었다.

"들어가 보자."

"오케이."

성민우가 들어가고 무혁도 나무기둥으로 나아갔다. 빨려 들어간 무혁의 시야로 던전 내부의 모습이 들어왔다.

메시지는 아직 떠오르지 않았다.

더 가야 하나?

마침 작은 문이 앞에 있었다. 성민우와 무혁은 서로를 쳐다보며 그곳으로 향했고 거의 동시에 문을 향해 손을 뻗었다. 그러자 한 줄기 메시지가 시야를 가렸다.

[고대 던전을 발견했습니다.]

순간 시간이 정지한 듯, 무혁의 모든 행동이 멈춰 버렸다.

지금 내가 뭘 본 거지?

천천히 눈을 비빈 후 다시 메시지를 확인했지만 역시나 내용은 같았다.

"고대, 던전?"

쉽게 내뱉을 수 없는 그 이름.

"이, 이거 잘못된 거 아니지?"

"잘못된 걸지도."

"그, 그런가?"

"뭐라고 떠 있는데?"

"나, 난 고대 던전이라고 되어 있는데?"

"나도."

둘의 동공이 흔들렸다. 혼자였다면 착각이었을지도 모른다. 하지만 지금은 두 사람 모두 고대 던전이라는 문구를 명확하게 직시한 상태였다.

"그럼 진짜로……?"

"허어."

갑작스럽게 상황에 정신이 없었다.

아니, 아니. 아직 기뻐하기엔 일렀다.

"후우, 너무 흥분하진 말고."

"어? 왜?"

"레벨 제한이 낮으면 의미가 없는 거잖아?"

"아, 그렇구나."

마지막 관문이 남아 있었다.

레벨 제한. 그걸 통과하느냐, 못하느냐.

"높은 건 상관없지만."

"아니지, 무조건 높아야지. 던전 레벨이 우리 둘 중에 한 사람하고만 같거나 혹은 우리 둘보다 낮으면 진짜 허탈해지는 거니까."

던전의 레벨은 반드시 두 사람의 레벨보다 높아야만 했다.

그래야만 훗날, 두 사람의 레벨을 똑같이 맞춰 함께 입성할 수 있게 때문이다. 제발 그러길 바라며 열린 문을 통과했다. 저 멀리 거대한 철문이 보였다. 아마도 저기를 통과하면 고대 던전에 들어서게 되는 것이리라. 그리고 고대 던전에 어울리는 무수한 것들과 마주칠 것이다. 심장이 두근거렸다.

제발.

무혁과 성민우는 심호흡과 함께 손을 뻗었다.

['입장 레벨(150)'에 도달하지 못했습니다.]

거칠게 뛰던 심장의 고동이 전신을 집어삼켰다.

"하, 하하."

레벨 150의 고대 던전. 그 행운이 두 사람에 찾아왔다.

제3장
천운

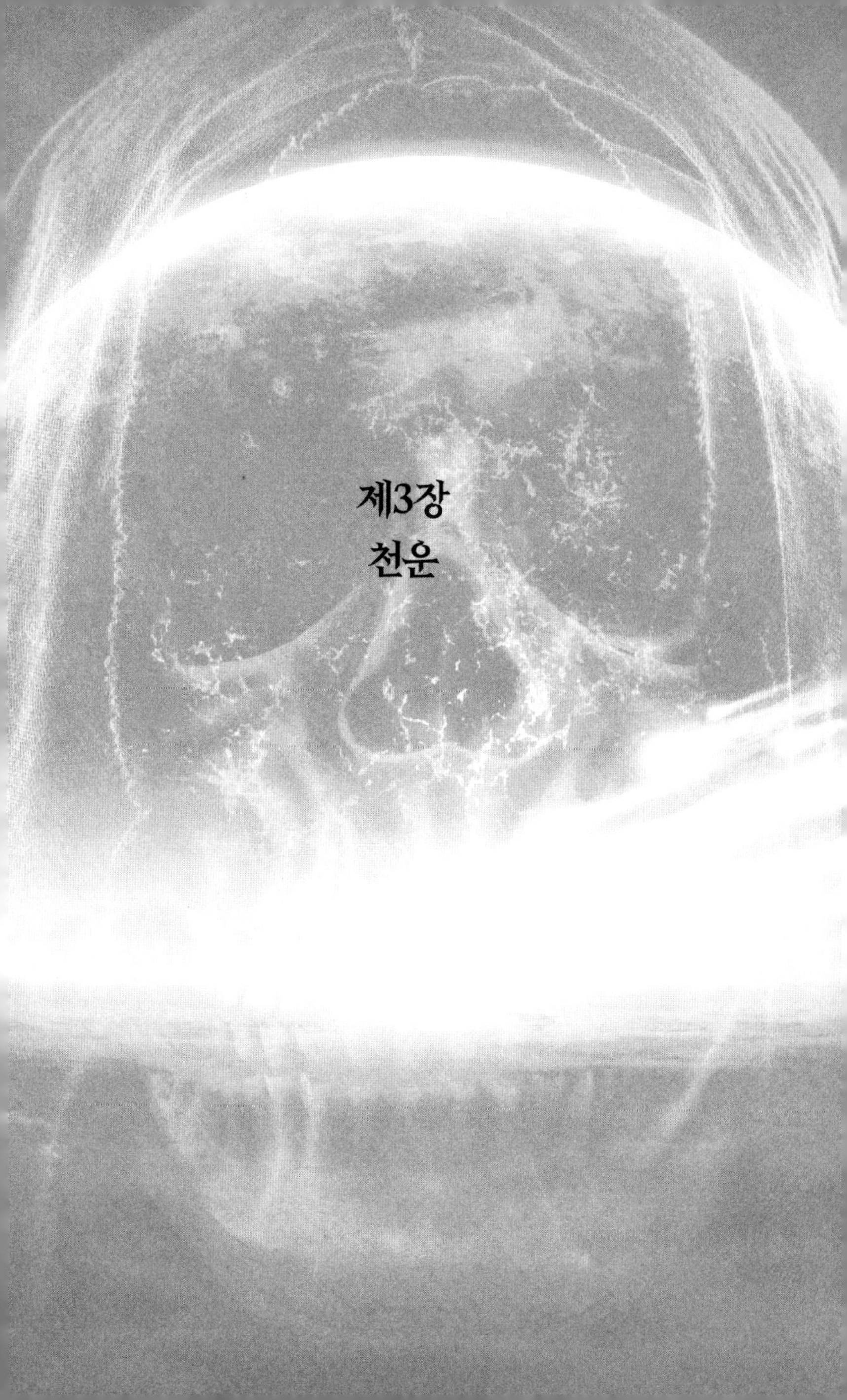

한동안 멍하니 웃던 두 사람이 겨우 정신을 다잡았다.

"무조건 150레벨은 똑같이 찍어야 돼."

"그래야지."

"그때까지는 특급 의뢰 중에서도 사냥 의뢰만 받고."

"레벨을 최우선으로 하자, 이거지? 오케이."

"그럼 탐색 의뢰는 여기서 끝내자."

둘은 위치를 다시 한번 정확하게 머릿속에 집어넣은 후 서둘러 탐색 의뢰를 완료하고 다음 의뢰를 살폈다.

"난 이거."

"이것도."

두 사람이 선택을 완료했다.

"특급 의뢰, 사냥 의뢰를 선택하셨네요. 맞습니까?"

"네."

의뢰를 받았다는 메시지를 확인한 두 사람은 곧바로 의뢰 달성을 위해 사냥터로 향했다. 겨우 4일 만에 두 가지 사냥 의뢰를 완료하고 다시 의뢰를 반복했다.

현재 무혁의 레벨이 123, 성민우가 121.

150까지는 지금의 페이스로 움직일 생각이었다.

일요일. 무혁은 강릉으로 향해 예린과의 데이트를 즐겼다.

어차피 성민우가 사냥을 하고 무혁은 쉬어야만 레벨 격차를 좁힐 수 있었다. 쉴 때마다 강릉으로 와서 예린과 데이트를 하기로 결심한 무혁이었다. 덕분에 마음 편하게 그녀와 데이트를 즐길 수 있었다.

"그러고 보면 참 신기해."

"뭐가?"

"그냥 퀘스트하다가 만났는데 이렇게 사귀게 된 거."

"헤헤, 나도 신기해. 그때 전사 길드, 궁수 길드, 마법사 길드 시험에 합격한 사람들이 다 모였었잖아. 그 많은 사람 중에서 넘어지려던 순간, 내 손을 잡아준 사람이 오빠여서 정말로 다행이야."

"나도."

닭살이 돋을 것만 같은 말도 술술 나왔다.

그렇게 저녁이 되었을 즈음.

"오빠. 다음엔 성민우 님도 같이 보자."

"민우?"

"내 친구 중에 괜찮은 애가 있거든. 그 애가 모태솔로라서 소개시켜 주려고."

"아아, 좋지."

"괜찮은 사람 맞지?"

"그럼, 진짜 괜찮은 놈이지."

"다행이다."

잠시 대화가 끊어졌다. 뜸을 들이다가 예린을 불렀다.

"예린아."

"응?"

"오늘, 들어가야 돼?"

그 말에 예린이 얼굴을 붉혔다.

"치, 친구 집에서 자고 간다고 했어."

"진짜?"

"으응."

"그럼 가자. 예약해 뒀어."

"어, 어디를? 예약? 언제?"

"여기 오기 전에."

예린의 손을 잡고 향한 곳은 거제도의 리조트였다. 어여쁘게 꾸며진 스위트룸에서 하룻밤을 보냈다. 둘이서, 아주 뜨겁게.

다음 날 예린과 헤어진 무혁은 집으로 돌아가자마자 일루전에 접속해서 미스트를 찾아갔다. 미스트는 무혁을 보자마자 갖은 욕을 해댔다.

"이 개새, 신발 같은 새끼가! 척추를 반으로 접어서 어금니로 씹어 먹은 다음에 손톱을 뽑고 생살에 소금을……!"

"그래, 그러든가."

무혁은 대수롭지 않게 받아줬다. 잠겼던 문을 열었다.

미스트의 눈에 공포가 깃든다.

"자, 잠깐만. 내, 내 말을 좀……!"

"무슨 말? 욕?"

"그게 아니고…….!"

서걱.

피식하고 웃으며 검을 휘두를 때마다 미스트의 표정이 어두워졌다. 피할 수 없는 죽음을 직감한 탓이리라.

"이, 시베리안 허스키 같은……!"

몇 번을 그렇게 공격했을까. 미스트가 추욱 늘어졌다.

"오늘도 잡템이구만."

내일을 기약하며 감옥을 벗어났다. 입구에서 기다리고 있던 성민우와 함께 사냥터로 질주했다.

군마가 있어서 이동 시간이 줄었고 덕분에 퀘스트를 깨는 시간도 줄었고 당연히 레벨을 올리는 시간도 단축되었다.

1주일 후. 킨베르 자작은 보고를 듣다가 손을 들었다. 그러자 보고를 하던 사내가 말을 멈췄다.

"그 범죄자 이름이 뭐였더라?"

"미스트입니다."

"벌써 풀어줘야 할 시기였군. 으음, 그자는?"

"그자라면……?"

"그 왜, 건방진 이방인 있지 않나."

"아뮤르 공작님과 안면이 있는 그 이방인 말씀입니까?"

"그래, 그 녀석."

"지금도 찾아오고 있습니다."

"매일?"

"이틀이나 3일에 한 번씩 찾아올 때도 있긴 합니다."

그 말에 킨베르 자작이 고민에 빠졌다.

이걸 어쩐다. 미스트는 이제 풀어줘야 할 시기였지만 아뮤르 공작과 친분이 있는 그 이방인이 마음에 걸렸다.

"최근 언제 왔었지?"

"오늘 아침입니다."

"그렇군."

"어쩔까요? 그 범죄자 녀석은……."

결론을 내렸다.

"한동안 계속 가둬놔."

"괜찮겠습니까?"

"뭐, 어때. 누가 압박이라도 주나?"

"그건 아닙니다만."

"훗날 밝혀지더라도 실수였다고 하면 되니까. 그깟 범죄자 한 명 때문에 귀족인 내가 어떻게 되진 않을 거 아닌가."

"당연합니다."

"그럼 신경 끄자고."

"알겠습니다."

무혁의 개입으로 인해서 미스트는 본래 갇혀 있어야 할 시간보다 더 오랜 기간을 감옥에서 보내게 되었다.

한편 미스트의 절규가 감옥을 채웠다.

"왜, 왜 안 내보내 주는 거냐고!"

PK를 일삼은 기간이 얼마던가. 잡혀 온 경험이 꽤 있어서 감옥에서 지내게 되는 시간도 얼추 알고 있던 그였다.

"도대체 왜!"

그런데 이번에는 뭔가 달랐다. 예상했던 시간이 지났음에도 감옥에서 꺼내주지 않았다.

"으, 으으……!"

무혁에게 빼앗긴 아이템만 10개가 넘었다. 이대로라면 지니고 있는 아이템을 모두 빼앗기게 되리라.

그건 안 돼. 절대로!

감정을 최대한 추슬렀다.

그래, 내일은 꺼내주겠지.

하지만 다음 날에도 그는 감옥에서 나가지 못했다.

"잘 가."

"으, 으으……!"

아이템 하나만을 떨어뜨릴 뿐.

진짜로 내일은 꺼내줄 거야.

그렇게 여기고 일루전에 접속해서 기다렸지만 역시나 무혁이 찾아와 죽일 뿐이었다. 3일 정도 접속을 시도하지 않았다. 이제는 되었겠지 싶어서 접속했지만 어떻게 알았는지 얼마 지나지 않아 무혁이 나타났다. 다시 아이템을 떨어뜨렸다.

"빌어먹을, 도대체 언제 꺼내주는 거냐고!"

일루전에 문의도 남겨봤지만 돌아오는 답변은 뻔했다.

[내용 : 고객님, 죄송합니다. 저희 운영진은 일루전 내부에는 전혀 간섭할 수 없기에…….]

전화도 걸어봤다.

"저기요! 지금 제가 감옥에 갇혀 있는데……."

하지만 결론은 마찬가지였다.

"이 개새……!"

-녹화되고 있으니 욕은 자제해 주시길 바랍니다, 고객님.

"신고하려면 해봐, 이 신발 같은……!"

통화가 끊겼다.

"후읍, 후우. 으아아아아아아아악!"

분노를 해소할 길이 없었다. 그저 괴성을 지른 후 가라앉은 마음을 토닥이며 다시 게임에 접속할 뿐이었다.

제발, 오늘만큼은 제발!

"죽어."

귀신같이 무혁이 찾아왔다. 그런 나날이 반복되었다.

무혁이 127레벨을 달성한 날 용병으로부터 연락이 왔다.

"움직였다고 합니다."

"고마워요."

움직였다는 것은 미스트가 접속했다는 의미였다. 레벨이 오른 기쁨이 가시지 않은 상태로 무혁은 감옥을 찾아갔다.

"또 왔냐."

"어."

"도대체 언제까지 죽일 건데?"

"붉은 단검 떨어뜨릴 때까지."

"……."

무혁은 웃으며 검을 휘둘렀다. 그 모습이 미스트에겐 악마처럼 다가왔다.

"사악한 새끼."

"음?"

무혁은 고개를 갸웃거렸다. 이내 관심을 끊고 다시 검을 휘둘렀다.

[유저 '미스트'를 죽였습니다.]

녀석이 고꾸라졌다.
툭.
그리고 떨어진 아이템이 시야에 들어왔다.
"어?"
무혁의 눈이 조금 커졌다.
"나왔다."
드디어 미스트가 붉은 단검을 떨어뜨린 것이다. 허리를 굽혀 빛을 발산하고 있는 붉은 단검을 쥐었다. 상체를 일으킨 후 곧바로 옵션을 확인했다.

[백마군의 붉은 단검]
공격력 155
모든 스탯 +5
반응 속도 +2%
특수 옵션 : 갈취하는 손
내구도 330/330
사용 제한 : 힘 65, 민첩 70

옵션은 그냥 괜찮은 편이었다. 중요한 건 스킬.
갈취하는 손을 확인했다.

[갈취하는 손]
마지막 일격을 가할 경우 상대방의 스탯을 랜덤으로 뺏어온다.
(항시 적용. 단, 몬스터에게는 적용되지 않는다.)

무혁의 입가가 씰룩거렸다. 긴 시간을 두고 본다면 말도 안 될 정도로 사기적인 스킬이었다.
대박이야.
미스트가 PK에 저렇게 혈안이 된 것도 어느 정도 이해는 갔다. 그렇기에 아쉬웠다. 지금 당장 사용할 수 있는 아이템은 아니었기 때문이다. PK를 할 수도 없고.
순간 무혁의 눈이 서늘하게 빛났다.
"미스트."
그는 아직 이곳에 갇혀 있지 않던가. 어차피 PK범, 죄책감을 느낄 필요도 없었다.
잘됐어.
한동안 그에게 붉은 단검을 사용하기로 결정을 내렸다.

접속한 미스트는 차라리 홀가분했다.

"하아, 그래, 시파."

드디어 붉은 단검을 떨어뜨렸다.

이젠 안 찾아오겠지. 언제 보내주려나.

아직 괜찮은 아이템이 꽤 남은 상태였다. 이 정도라면 충분히 재기할 수 있으리라. 그렇게 결론을 내리고 오랜만에 편안한 마음으로 시간을 보냈다.

그때 누군가 다가오는 소리가 들렸다. 상대를 확인했다.

"……!"

미스트의 얼굴이 일그러졌다.

"너, 너! "또, 또 왜 온 건데!"

"뭐."

막상 마주하니 조금 미안한 마음도 들었다.

에이, 미안하긴 무슨. 고개를 저으며 문을 열고 들어갔다.

"뭐냐고!"

"그냥 죽어."

"왜! 붉은 단검은 가져갔잖아!"

"아아, 이거?"

무혁이 붉은 단검을 꺼냈다.

"그래, 그거!"

"특수 옵션이 좋더라고."

"그, 그런데?"

"사용할 곳이 마땅히 없어서."

"서, 설마……."

"아마도 그 설마가 맞을 거야."

"시, 시바아아아아알!"

붉은 단검을 거칠게 휘둘렀다. 미스트가 발악했지만 그래봤자 움직이지 못하는 자의 몸부림일 뿐이었다. 몇 번의 공격으로 그를 죽이는 순간.

[붉은 단검에 쌓인 사기가 캐릭터에게 전이됩니다.]

[힘(0.1), 민첩(0.1)이 증가합니다.]

반대로 미스트의 체력은 그 수치만큼 하락했으리라.

"호오."

이 정도면……. 넉넉하게 두 달이면 각각의 스탯을 1개씩은 올릴 수 있을 것 같았다. 1년이면 최소 6개. 그것도 미스트 한 명만 노린 상태였음에도 이 정도 수준이었다.

만약 본격적으로 유저들을 상대로 PK를 벌인다면 1년 만에 30개. 아니, 그 이상 스탯을 올릴 가능성도 있었다. 스탯이 상승하면 그 스탯의 30퍼센트만큼 소환수의 스탯 역시 상승하게 된다. 다른 유저에게도 좋은 아이템이지만 무혁에게는 그 이상의 가치가 있었다.

진짜 사기지.

유혹이 없다면 거짓이리라. 그래도 PK를 할 생각은 없었다. 그건 미래를 죽이는 일이니까.

그래도 쓸 곳은 많아.

훗날 길드전이나 전쟁이 일어날 때 용병으로 참가하면 아주 유용하리라. 지금처럼 PK범을 죽이는 일에 사용해도 되는 일이고 말이다.

천천히. 흥분을 가라앉힌 후 단검을 인벤토리에 넣었다.

의뢰를 완료하고 헤밀 제국에 올 때마다 미스트를 만나러 갔다. 없을 때도 있었고 혹은 접속한 상태일 때도 있었다. 접속한 상태였으면 당연히 그를 죽여 스탯을 빼앗았다.

"오늘은?"

"있더라."

"크, 진짜 불쌍하네."

무혁은 어깨를 으쓱거린 후 특급 의뢰를 받았다.

"가자."

사냥터로 이동해 몬스터를 잡았다. 중간마다 휴식도 취했고. 휴식을 취할 때면 무혁은 검을 제작했고 허기가 지면 요리를 했다. 성민우 역시 수시로 검을 제작했지만 그는 그보다는 경매장을 살피는 것에 더 집중했다.

"왜 그렇게 자주 봐?"

"요즘 아이템이 좀 부실한 거 같아서."

대답을 한 성민우가 다시 집중했고.

"음?"

그의 표정에 순간 장난기가 깃들었다.

"나, 좋은 거 하나 건졌다."

"좋은 거?"

"어, 너한테 필요한 거."

그 말에 무혁의 고개가 돌아갔다.

"나한테?"

"줄까?"

성민우가 인벤토리에 손을 넣었다.

"짜잔!"

꺼내는 동그란 물건 바로 두개골이었다. 정말 오랜만에 보는 두개골의 모습에 무혁의 표정에 생기가 돌았다.

"허어, 뭐야?"

"경매장 보다가 새로고침했는데 딱 떠 있더라고."

"대박이네."

성민우가 두개골을 넘겼다.

"고맙다."

"흐흐, 이 정도야 뭐."

무혁은 곧바로 검뼈1의 머리를 뽑아버리고 새로운 두개골을 꽂았다. 변화가 일어나더니 아머나이트로 진화했다.

"이름은 아머나이트26."

부르탄과 히드라를 제외하고 26번째 아머나이트였다.

"크, 멋있다."

성민우의 감탄에 무혁도 고개를 끄덕였다.

멋있지. 앞으로 더 멋있어지겠지만.

"다시 사냥이나 해볼까."

"오케이."

두 사람은 일어나 의뢰를 클리어하기 위해 바삐 움직였다. 잡아야 하는 몬스터의 수가 상당히 많은 편이라 하루로는 당연히 부족했다. 아침부터 시작된 사냥은 밤늦게까지 이어졌고 극도의 피로를 느끼며 내일을 기약했다.

"내일 보자."

"그래."

성민우가 나간 후 무혁은 소환수를 모두 마계로 보냈다.

[소환수가 마계의 F11 지역으로 이동합니다.]

메시지를 확인하고서야 로그아웃을 했다.

[마계로 이동되었습니다.]

소환수 중 유독 기운이 넘치는 한 녀석이 있었다.

-드디어 나도 진화를 했다.

-축하한다.

바로 아머나이트26이었다.

-보초, 경계, 탐색에서 벗어났다.

-잘됐군.

-부럽다.

-나도 전투에 집중하고 싶다.

그렇다. 아머나이트가 아닌 일반 검뼈나 기마병의 경우에는 전투력이 부족해서 싸움이 벌어질 경우 거의 도움이 되지 않는다. 그래서 이지를 조금 찾은 스켈레톤들이 나름의 질서를 구축한 것이다. 검뼈, 기마병의 경우에는 보초, 경계, 탐색을 주로 맡고 있었다. 그 귀찮은 임무에서 해방된 아머나이트26의 기분은 참으로 좋아 보였다.

-좋다, 좋다.

한동안 아머나이트26을 축하하던 스켈레톤들은 갑자기 불어온 바람에 입을 다물었다.

후우웅.

이곳은 마계. 작은 바람에도 움찔하는 그런 곳이었다.

즐거움은 여기까지. 탐색을 보내야 할 시간이었다.

그런 생각을 하며 부르탄이 스켈레톤들을 훑었다. 아머나이트들 중에서도 가장 강했으며 또한 나서기를 좋아하는 성격이라 은연중에 리더가 된 상태였다.

-일단 탐색부터…….

-잠깐.

그때 검뼈2였으나 이제는 검뼈1이 된 스켈레톤이 나섰다.

-탐색을 할 수 있는 인원이 줄었다.

-그런가? 얼마 전에 새롭게 나타난 검뻐14와 함께해라.
-알겠다.
-먼저 탐색을 시작해라.
검뻐들이 사방으로 퍼졌다. 얼마 지나지 않아 돌아왔다.
-내가 간 곳은 아무것도 없다.
-나도.
-내가 향한 곳에는 거대 벌레가 있었다.
-전에 그 녀석인가.
-그렇다.
부르탄이 턱을 부딪쳤다.
-놈을 죽이러 간다.
싸우고 싶다는 투쟁 본능이 그들을 움직이게 만들었다.

아침에 접속한 무혁은 소환수의 경험치부터 확인했다.

[현재 획득한 소환수 경험치 : 3,700]
[스탯으로 변환하시겠습니까?]

[소환수를 선택해 주십시오.]

이번에는 아머나이트12의 차례였다.

[원하는 스탯을 선택해 주십시오.]

체력을 눌렀다.

[3,000의 경험치를 사용합니다.]
[아머나이트12의 체력(0.3)이 상승합니다.]

남은 경험치는 700이었다. 마계에서 역소환이 되면 24시간의 대기 시간이 필요했기에 무혁은 상세 메시지를 확인하여 소환수가 언제 역소환이 되었는지 파악했다.

01시 21분. 생각보다 늦은 시간이었다.

다음 마계에 보낼 시간은 내일 아침이 될 것 같았다.

근데, 이 자식은 아직도 접속하지 않고 있었다.

분명 접속 전에 문자까지 주고받았는데 말이다. 별수 없이 자리에 앉아 제작 도구를 꺼내어 검을 만들기 시작했다.

한 자루가 완성되었을 즈음.

"이제 왔냐?"

"아, 쏘리. 갑자기 신호가 와서. 큰 거!"

"아, 더럽게."

"그러게 왜 물어?"

둘은 투덕거리며 사냥 준비를 했다.

"오늘도 빡세게."

"150까진 미친 듯이 가야지."

어제 진행하던 의뢰를 이어갔다.

며칠 후. 두 사람의 파티에 한 사람이 더 끼었다.

"안녕하세요!"

"아, 네."

"오빠, 이제 같이하는 거네."

"응, 좋다."

예린이었다. 참으로 험난했던 히든 퀘스트를 끝내고 두 사람과 합류하게 되었다.

여자 친구가 된 마당에 함께 성장하면 더 좋을 거라 생각했기 때문에 적극적으로 권유했던 무혁이었다. 게다가 히든 퀘스트를 깨고 얻게 된 직업 역시 아주 괜찮아서 전력도 충분히 강화될 것 같았다.

"강화 조련사라고 했지?"

"응!"

"보여줄래?"

"알겠어."

성민우에게 알려주기 위한 절차였다.

"짜잔!"

거대한 동물 열 마리가 나타났다.

"허, 허업!"

"크네."

"응, 호랑이인데 내가 직접 강화할 수 있어. 강화 수치가 높아지면 실패할 확률도 존재하는 것 같고 또 재료도 필요해서 지금은 2강까지만 해둔 상태야. 근데 엄청 좋아."

무혁이야 이미 들었던 내용이었기에 덤덤한 반응이었지만 성민우는 달랐다.

"가, 강화요?"

"네!"

꽤나 놀란 모양이었다.

"우와, 대박이네요."

"헤헤, 고마워요."

아직 놀라기엔 이른데 말이다.

무혁이 예린을 보며 물었다.

"마법 공격도 가능하지?"

"응! 강화 조련사만 사용할 수 있는 공격 마법인데 대미지가 생각보다 세."

"어느 정도나?"

"본래 마법사였잖아."

"응."

"그때 사용했던 마법보다 조금 약한 수준?"

예린의 설명대로라면 정말 좋은 직업이었다.

"와, 조련도 하고, 강화도 되고, 공격까지 되는 거네요?"

"맞아요."
"예린 님, 환영합니다!"
성민우가 격하게 반겼다.
이미 예상했던 반응이었음에도 기분이 좋았다. 성민우가 예린을 불편하게 여기면 무혁도 즐거울 수만은 없었으니까.
"참, 수는 10마리가 끝이 아니라고 했었지?"
"응, 몬스터가 약할수록 수가 늘어나. 지금 스킬 레벨로는 백호 10마리가 최대."
그 말에 무혁이 잠시 생각했다.
강화를 하면 강해진다. 약한 몬스터일수록 수가 많아진다.
"스탯은?"
"내 스탯의 30퍼센트가 추가로 적용되던데?"
적용 수치도 높다.
"현재 스탯은 지식 위주지?"
"아니."
"그럼?"
"지식이랑 체력 위주."
다행이었다. 지식에 올인한 것보다 훨씬 나은 상태였으니.
"그럼, 차라리 약한 몬스터를 많이 조련하는 건 어때?"
"더 많이?"
"응, 여우나 강아지도 좋고. 아니, 다람쥐가 나으려나."
"꺄! 다람쥐!"
"다람쥐 좋아?"

"응, 좋아!"
"어차피 마법도 사용할 수 있다고 했으니까 다람쥐로 숫자를 늘려 버리자."
"그게 더 좋을 거 같아?"
"어."
"알겠어, 오빠가 그렇게 말한다면."
결정을 내렸다면 바로 행동으로 옮기는 게 좋았다.
"나 좀 갔다 올게."
"어, 그래. 난 사냥하고 있을게."
어차피 성민우는 무혁보다 레벨이 낮았다. 150레벨을 함께 달성하기 위해서는 무혁이 좀 쉬어야 할 필요가 있었다. 게다가 예린도 성민우보다 1레벨이 높았기에 이 정도 여유는 부릴 수 있었다.
"가자."
"응!"
둘이서 함께 초보자 사냥터로 향했다. 성민우는 멀어지는 그들의 뒷모습을 홀로 바라보다 정령을 소환했다.
"나한테는 역시 너희밖에 없다!"
의문의 1패를 당해버린 이 씁쓸함.
"에라이!"
기분을 풀기 위해 몬스터를 도륙하기 시작했다.

초보 사냥터에 도착한 두 사람. 무혁과 예린은 말 그대로 초보자들의 시선을 한 몸에 받고 있었다.

"와, 저 아이템 봐. 대박이다."

"갑옷이랑 투구가 완전! 반짝반짝 하구만."

"부럽다."

"난 저 말이 더 부러워. 엄청 편해 보인다."

"저런 고렙이 여긴 왜 온 걸까?"

"글쎄."

초보자들의 시선은 생각보다 부담스러웠다.

"와, 게다가 저 유저."

"대박."

문제는 거리가 좁혀지면서였다.

"엄청 예쁘다."

"미친. 연예인이야?"

예린의 미모가 워낙 특출한 까닭이었다. 그런 유저가 초보자 사냥터에는 워낙에 많아서 어디를 가더라도 그 시선을 피할 길이 없었다. 그나마 다행이라면 예린은 이런 시선에 익숙한 것인지 크게 반응하지 않고 있다는 점이랄까.

"흐음."

"오빠, 왜?"

"아니, 아무것도."

처음에는 불편함이 느껴졌었다.

지금은? 자꾸만 어깨가 으쓱거렸다.

"천사야?"

"욕하지 마."

"욕이라니?"

"저 정도 미모면 천사도 욕이지, 인마."

"아아, 그런가?"

그 말에는 예린도 웃어버렸다. 유저들의 시선을 받으며 이동한 끝에 드디어 다람쥐가 나오는 장소에 도착했다.

"일단 호랑이는 다 취소하고."

"응, 알겠어."

10마리의 호랑이가 나타났다. 곧이어 검은 기류가 흘렀다.검은 기류가 호랑이를 휘감더니 이윽고 사라졌다.

"아쉽긴 하다."

"괜찮아."

"된 거야?"

"응!"

"기다려 봐."

윈드 스텝을 사용하여 다람쥐 한 마리를 잡아 왔다.

예린은 곧바로 다람쥐를 조련하기 시작했다. 강한 몬스터라면 HP를 빼고 먹을 것으로 유혹해야 하는 과정이 필요했지만 100레벨이 훌쩍 넘어가는 예린에게 다람쥐 조련은 식은 죽 먹기나 다름이 없었다.

"성공이야."

"응!"
"그럼 보이는 대로 잡아 올게."
"고마워, 오빠."
무혁의 신형이 사라졌다. 바람과 함께 다람쥐가 한 마리, 두 마리 쌓이기 시작했다. 예린은 다람쥐가 놓일 때마다 서둘러 조련을 이어갔다. 2마리, 3마리……. 정신을 차리고 보니 어느새 대략 20마리가 모인 상태였다.
"오, 오빠!"
"응?"
"이제 10마리 남았어."
"그래? 알겠어."
나머지 10마리를 모두 채웠을 때. 예린의 앞에는 총 32마리의 다람쥐가 고개를 든 채 그녀를 주시하고 있었다. 작은 몸집과 그 눈동자에 예린이 엄마 미소를 지었다.
"너무 예뻐!"
"귀엽긴 하네."
"그치, 그치?"
"어, 근데 다람쥐 스탯은 어느 수준이야?"
예린이 다람쥐 한 마리를 손에 올렸다.
"힘 2, 민첩이 4, 체력이 21, 지혜가 2고 지식이 24야."
낮아도 너무 낮았다. 순간 고개를 갸웃거린 무혁이었다.
"스탯이 왜 그렇게……."
"응? 스탯이 왜?"

그러다 한 가지 사실이 떠올랐다.

아, 조런사였지.

그 말은 지금 조련한 다람쥐는 몬스터일 때의 레벨 그대로. 즉, 1이라는 소리였다. 초반 빠른 성장을 통해 레벨을 올린다면 스탯은 당연히 오르게 마련이고.

"다람쥐, 레벨 1이지?"

"응!"

여기서 강화까지? 얼마나 강해질지 상상이 되지 않았다.

"일단 강화부터 하자."

"알겠어. 재료가 도토리, 자두, 사과……."

"구하기 쉽네."

"2강까진 쉬울 거야."

"좋아, 일단 할 수 있는 한 강화를 해보자고."

두 사람은 곧바로 재료를 구하기 위해 제국으로 향했다. 잡화점, 과일점 등등을 돌아다니면서 재료를 샀는데 그래도 꽤 많은 수량이 필요해서인지 적지 않은 돈이 빠져나갔다.

"온 김에 의뢰도 공유하자."

"아, 응!"

용병소에서 무혁이 받은 특급 의뢰를 예린과 공유했다.

"됐고. 이제 강화해 볼까?"

"좋아."

예린이 다람쥐를 한 마리 들었다.

"일단 너부터."

예린의 손이 빛났다.

[다람쥐1을 강화합니다.]
[성공 확률(100%), 강화에 성공하셨습니다.]

다람쥐1의 스탯을 확인해 봤다.

힘 : 3 / 민첩 : 5 / 체력 : 22
지식 : 25 / 지혜 : 3

모든 스탯에 1이 추가되었다. 재료는 다행히 1강을 할 때와 재료가 같았다.

"어, 오빠. 2강에 필요한 재료가 똑같아."

"그래? 음, 그럼 2강 바로 해볼래?"

"알겠어."

[다람쥐1(+1)을 강화합니다.]
[성공 확률(100%), 강화에 성공하셨습니다.]

당연히 성공했다.

"성공했지?"

"응!"

"스탯은?"

힘 : 5 / 민첩 : 7 / 체력 : 24
지식 : 27 / 지혜 : 5

예린이 환하게 웃었다.

"2씩 추가됐어, 오빠."

"진짜? 허어! 대박이네."

이대로라면 10강을 하면 총 55, 어마어마한 추가 스탯 효과를 받게 되는 것이다.

"3강 재료는 뭐야?"

"음, 대왕 도토리. 변종 억새풀. 그리고……."

"으음."

그리 대단한 재료는 아니었다.

"충분히 가능하겠네."

"응!"

"그럼 오늘은 3강까지 가자."

물론 그전에 나머지 다람쥐를 전부 2강으로 만드는 게 우선이었지만 말이다. 나머지 31마리 역시 2강으로 만들기 위한 작업에 돌입했다. 전부 2강으로 만든 후 3강 재료를 구입하기 위해 돌아다녔고 2시간에 걸쳐 모든 재료를 구했다.

그런데 문제가 생겼다.

"오빠. 3강 성공 확률이 80퍼센트야."

"아……!"

별수 없이 구한 재료를 모두 사용하고 조금 더 재료를 구하여 모든 다람쥐를 3강까지 만드는 것에 성공했다.

"후아."

"고생했다. 가자."

"응!"

성민우가 기다리고 있을 사냥터로 이동하면서 몬스터를 잡았다. 그동안에는 모든 경험치가 다람쥐에게 돌아가도록 설정을 해놓았다.

[다람쥐1(+3)의 레벨이 상승합니다.]

[다람쥐2(+3)의 레벨이 상승합니다.]

[다람쥐3(+3)의 레벨이 상승합니다.]

…….

덕분에 레벨이 엄청난 속도로 올랐다.

"레벨 몇이야?"

"이제 21. 엄청 빨라."

"가는 길에 한 40까지만 찍어보자."

"좋아!"

일단 예린의 마법 대미지 자체가 매우 높은 편이었기에 전투 기여도가 높았다. 그 경험치를 예린을 제외한 다람쥐들이 먹으니 당연히 레벨 업이 빠를 수밖에 없었다.

지금 잡는 몬스터의 레벨만 해도 80이었으니 말이다. 이렇게만 보면 무작정 좋아 보이지만 조련사라는 직업이 마냥 좋은 것만은 아니었다. 안 그래도 올리기 어려운 경험치 필요량을 조련수와 나눠야 하기 때문에 다른 직업보다 성장 속도가 현저하게 느렸다.

게다가 조련수가 약하면 사냥도 어려워서 조련수 위주로 성장을 시킬 수밖에 없어진다. 덩달아 본 캐릭터가 레벨을 올리는 건 더욱 느려지게 되고. 악순환의 반복.

그렇기에 예린도 경험치 배분이 중요했다.

그 부분은 무혁이 조절해 줄 생각이었다.

"지금 캐릭터 레벨이 131이지?"

"응."

"성민우가 131로 올라올 때까지는 다람쥐만 키우자."

"알겠어."

말하는 순간 몬스터가 나타났다.

풍폭, 강력한 활쏘기. 가볍게 화살 한 대를 쏘아 보냈다.

키아아아악!

적중당한 몬스터가 울부짖었지만 역시 한 번의 공격에 쓰러지지는 않았다. 연이어서 화살을 몇 번 날렸고 예린 역시 마법 공격을 퍼부었다. 몬스터가 기진맥진한 틈을 타서 다람쥐 32마리가 놈에게 달려들었다.

몸을 틀어 꼬리로 공격하는 녀석, 이빨로 깨무는 녀석, 작은 앞발을 휘두르는 녀석, 머리로 들이받는 녀석, 점프하여 뒷발로 내려찍는 녀석 등 독특한 공격법이 모두 나왔다.

지켜보는 재미가 쏠쏠했다.

[경험치가 상승합니다.]

어렵지 않게 몬스터를 처치했다.
찌, 찌직.
기분이 좋은지 특유의 소리로 울어대는 다람쥐들이었다.

늦은 오후가 되어서야 성민우와 만날 수 있었다.
"왜 이렇게 늦었어?"
"아, 여기 다람쥐 보이지? 이 녀석들 레벨 올려야 해서 사냥 좀 하면서 왔거든."
"그래?"
예린이 어색하게 웃으며 나섰다.
"죄송해요. 너무 늦었죠?"
"아유, 아닙니다. 저녁에 와도 됐어요. 그럼요."
"헤헤. 고마워요. 참, 근데요."
"네?"
"이제 말 편하게 해요."
"어, 그, 그럴까?"
성민우가 무혁을 쳐다봤고 무혁은 어깨를 으쓱거렸다.

"그게 편하잖아요. 오빠랑 친구니까요."

"그러지, 뭐. 그럼."

말을 놓으니 그래도 한결 편한 모습이었다. 하지만 그것도 잠시, 성민우는 무혁을 보며 엄살을 부렸다.

"근데 경험치가 너무 안 올라. 아직도 30퍼센트야."

"꽤 올렸구만."

"꽤 오르긴, 무슨."

"150만 똑같이 맞추면 돼. 걱정 마. 좀 쉬었다가 잡자."

"오케이."

세 사람은 몬스터가 나오지 않는 곳에 자리를 잡았다. 성민우와 무혁 두 사람 모두 제작 도구를 꺼냈는데 그 모습을 보던 예린이 눈을 반짝거렸다.

"쉬면서 또 제작하는 거야? 진짜 대단하다, 두 사람."

"기본이지."

제작에 집중해 단기간에 무구를 만들어냈다.

"후우, 이제 좀 쉬자."

"좋지."

"근데 저 다람쥐 레벨 몇이야?"

무혁 대신 예린이 답해줬다.

"조련할 때는 1이었는데 지금은 57."

"허얼."

"좀 오르면 느려질 거야."

"그렇겠지. 오히려 나중에는 힘들겠네."

"아마도."

"150은 어떻게 만들지?"

"걱정 마. 경험치 배분을 캐릭터에 올인하면 되니까."

"아하."

물론 150까지만. 이후로 다람쥐를 폭업시킬 계획이었다.

"자, 충분히 쉬었지?"

"응!"

"그럼 다시 사냥해 볼까."

세 사람이 몸을 일으켰다.

"소환."

무혁은 스켈레톤 95마리, 성민우는 정령 12마리, 예린은 다람쥐 32마리를 불렀다.

키, 키에에엑!

몬스터들은 무시무시한 숫자에 밀리며 발악을 해댔다. 수에 압박을 당한다는 게 어떤 기분인지, 아마도 그 몬스터들은 최초로 느꼈으리라.

시간은 흘렀다. 계절이 바뀌고 시린 바람이 불어오는 겨울이 되었을 즈음.

"드디어……."

예린과 무혁, 그리고 성민우까지 150레벨을 달성했다.

"이제 가야지?"

"그래야지."

정말 지겨운 순간들이었다. 혹시나 누가 점령했을까 봐 수시로 고대 던전이 위치한 곳으로 탐사를 나가기로 했다.

"준비부터 하자."

"오케이."

무려 고대 던전이다. 철저한 준비가 필요하리라.

"먼저 스킬부터."

각자의 스승을 찾아갔다, 새로운 스킬을 배우기 위해서.

발시언은 헤밀 제국에 있다. 무혁 역시 최근 헤밀 제국에서 생활을 하고 있기에 수시로 그를 찾아가곤 했다. 올 때마다 타박했지만 입가에 그려진 미소는 숨길 수 없었기에 그의 진심이 무엇인지는 충분히 알아볼 수 있었다.

오늘도 기대를 벗어나지 않았다. 발시언은 문을 벌컥 열더니 무혁임을 알아보고는 곧바로 퉁명스럽게 말을 내뱉었다.

"왜 왔어? 또 인사나 하러 온 거냐?"

"오늘은 인사만 하러 온 건 아니죠."

그에 발시언의 눈동자가 가늘어졌다.

"호오."

무혁의 성장을 알아본 탓이었다.

"정말 인사만 하러 온 건 아니구만."

"그럼요."

안으로 들어가 발시언 영감과 마주앉았다.

"그래, 꽤 성장했구나."

"감사합니다."

"클, 어디 보자."

발시언이 손을 뻗었다. 따스한 기운이 무혁을 감쌌다.

"새로운 기술을 전수할 때가 되었구나."

"그런가요?"

레벨이 150이니 당연했다. 조폭 네크로맨서의 150레벨, 스킬. 어떤 스킬을 배우게 될 것인지 알고 있었지만 모르는 척 가만히 기다렸다.

"여기 있군."

마침 책을 찾았는지 그걸 넘겨줬다.

"받아라."

"네."

두 권이었다.

"읽어봐라."

두근, 두근. 고동을 느끼며 첫 번째 스킬북을 펼쳤다.

[스킬 '리바이브'를 습득합니다.]

주먹이 쥐어졌다.

리바이브. 부활시킨다는 의미를 지닌 단어였으며 물량 공세에 특화된 스킬이기도 했다. 드디어 배웠다.

[리바이브]

주변을 떠도는 몬스터의 영혼을 썩어버린 육신에 강제로 넣어 부활시킨다. 일방적으로 조종이 가능하며 본래 지니고 있던 능력의 60퍼센트가 적용된다. 30분이 지나면 사라진다.

-소모되는 MP : 개체당 100

레벨이 없는 스킬. 성장시킬 순 없지만 대신 시작부터 그 효율성이 매우 높은 편이었다. MP가 허용하는 한 몇 마리고 되살릴 수 있다는 소리였으니까.

물론 MP 소모가 장난이 아니었지만 말이다.

상관없지.

지금 배울 스킬이 그 점을 보완해 줄 것이기 때문이었다.

손에 들린 두 번째 스킬북을 펼쳤다.

[익스체인지]

HP와 MP를 1:1의 비율로 교환할 수 있다.

역시 스킬 레벨이 없었다.

효율은 최고지.

무혁은 만족하며 발시언에게 감사를 표했다.

"고맙습니다."

"인사는 무슨."

그러면서 헛기침을 했다.

"아직 끝이 아니지."

"네?"

"기본이 되는 스킬 몇 개는 배워야지 않겠냐?"

"어, 네……?"

순간 고개를 갸웃거린 무혁이었다.

기본이 되는 스킬이라면 200레벨 때 배우는 게 아니었나?

혹시 착각한 건가 싶어서 기억을 더듬었지만 아무리 떠올려도 150레벨은 아니었다.

"따라와라."

"아, 네."

발시언을 쫓아가 보면 어떻게 된 일인지 알 수 있으리라.

"행운으로 알거라."

"네?"

"수제자니까 특별히 알려주는 거다."

"아……."

수제자라는 칭호가 설마 이런 효과를 발휘할 줄이야.

"감사합니다."

"클클."

그리고 발시언과 도착한 곳은 네크로맨서 길드의 하부 조직이었다. 구석진 곳에 위치한 건물이었는데 내부에는 유저는 없었고 단 한 명의 NPC만이 자리를 지키고 있었다.

꽤나 나이가 있는 중년인이었는데 발시언을 보더니 반색하며 다가왔다.

"어르신, 그간 잘 지내셨습니까!"

"나야 잘 지냈지. 자넨?"

"하하, 저야, 뭐."

"쯧, 윗대가리들, 여전한가 보군."

"네, 그렇죠."

"됐고. 내 수제자야."

"그래요?"

무혁이 앞으로 나섰다.

"안녕하세요. 무혁이라고 합니다."

"그래, 수제자라니 대단하구나."

"감사합니다."

중년인이 다시 발시언을 쳐다봤다.

"그거죠?"

"그래."

"거기, 무혁이라고 했나? 따라와라."

중년인을 쫓아가자 그가 책을 건넸다.

"이건……?"

"기술이 적힌 책이다."

"아, 감사합니다."

과연 어떤 스킬일까. 200레벨에 배우는 거려나?

"읽어봐라."

"네."

추측과 함께 스킬북을 연달아서 펼쳤다.

[스킬 '약화'를 습득합니다.]

[스킬 '근력증가'를 습득합니다.]

[스킬 '체력증가'를 습득합니다.]

200레벨에 배우는 스킬은 아니었다.

하지만……. 스킬의 이름만으로도 감이 왔다.

비슷한데?

일단 상세 내용을 확인했다.

[약화 1Lv(0%)]

해당 범위에 존재하는 몬스터나 생명체의 능력을 30분간 10퍼센트 약화시킨다.

-소모 MP : 200

[근력증가 1Lv(0%)]

해당 범위에 존재하는 아군의 힘을 30분간 10만큼 상승시킨다.

-소모 MP : 200

[체력증가 1Lv(0%)]

해당 범위에 존재하는 아군의 체력을 30분간 10만큼 상승시킨다.

-소모 MP : 200

"허어."

지금 배운 스킬 세 개를 전부 사용할 경우 아군의 힘과 체력이 무려 10개씩 올라가고 적의 능력은 10퍼센트나 떨어지게 된다. 스킬의 레벨이 증가할수록 효과 역시 상승할 것이 분명했기에 200레벨에 배우게 될 스킬보다 더 좋았다.

"어떤가?"

"아, 대, 대단한데요?"

"그렇지? 크하하하하!"

중년인이 호탕하게 웃었다.

"아이고, 고막이야! 시끄러!"

발시언의 호통에 웃음을 그치는 중년인이었다. 물론 여전히 입가에는 미소를 그린 상태였지만 말이다.

"죄송합니다, 어르신."

"됐고. 오랜만에 만났으니 그간 쌓인 이야기나 풀어봐라."

"흐흐, 좋지요."

그렇게 둘은 무혁을 내버려 둔 채 이야기꽃을 피웠다.

"허허, 그랬구만."

"아이고, 어르신. 제가 그래서 얼마나 힘들었으면……."

오랜만에 만난 탓일까, 두 사람은 한참이나 대화를 나눴다.

더 기다릴 수가 없어서 그에게 조심스럽게 다가갔다.

"저, 스승님. 전 이만……."

"그래그래, 가 보거라."

인사를 했음에도 발시언은 뒤도 한 번 돌아보지 않았다. 묘하게 섭섭한 기분이 들었지만 이내 웃으며 고개를 저었다.

곧바로 중심지로 향해 잡화점과 식품점에 들렀다. 필요한 것을 전부 구입한 무혁은 성내로 진입하여 미스트를 만나러 갔다. 그런데 오늘은 기사가 입구를 막았다.

"죄송합니다. 그 죄인은 풀려났습니다."

"아, 그래요? 어쩔 수 없죠, 그럼."

어차피 오늘 고대 던전에 들어가면 한동안 찾아오지 못했을 것이고 결국 풀려났으리라. 마지막으로 한 번 죽일 생각이었는데 그러지 못했다고 해서 아쉽거나 하지는 않았다.

그럼 분수대로 가야겠네.

성내에서 나와 약속 장소인 광장 분수대로 향했다. 2분을 기다렸을 즈음 성민우가 모습을 드러냈다.

"좀 늦었나?"

"어, 더럽게 늦었어. 3시간 기다렸다."

그제야 농담이란 걸 깨달은 성민우가 강하게 받아쳤다.

"미친놈."

"크크."

"웃기는. 그보다 네 여자 친구는?"

"아직."

그때 성민우의 뒤쪽, 유저들을 요리조리 피하면서 달려오는 예린이 보였다.

"오빠!"

"어, 여기."

도착한 그녀가 혀를 쏙하고 내밀었다.

"미안, 늦었지?"

"아냐. 나도 방금 왔어."

"진짜?"

"그럼."

옆에서 보던 성민우가 어이가 없는 표정을 지었다.

"아깐 3시간 기다렸다면서."

"내가 언제?"

"허, 여친 없는 내가 죄인이다, 죄인."

"인정."

"크으, 젠장. 됐고 던전이나 가자."

그때 예린이 조심스럽게 나섰다.

"저기, 오빠."

"응?"

"근데 정말 내가 그 던전에 같이 가도 되는 거야?"

"당연하지."

"으음."

"왜 그래?"

"그게, 난 애초부터 같이 한 것도 아니고 사실 좀 부담되기도 하고 그래. 파티하고 얼마 뒤에 고대 던전 이야기 들었을 때 내가 얼마나 놀랐는지 알아? 그때부터 계속 생각해 봤는데 내가 가면 좀 그림이 이상한 거 같아. 계속 고민하다가 지금 말하는 거야."

무혁은 고개를 갸웃거렸다.

"그게 무슨 소리야?"

"내가 막 오빠한테 받아먹기만 하는 여자 같잖아."

"아……."

무혁이 다급히 손을 휘저었다.

"그런 거 아닌 거 다 아는데, 뭘."

"그래도."

무혁이 성민우를 쳐다봤다.

"왜."

눈짓으로 도움을 요청했다. 그제야 성민우가 예린을 설득하기 시작했다.

"하아, 저기 예린아."

"응?"

"사실 우리 둘이서 고대 던전을 깨뜨린다는 게 쉽지가 않거든? 우리 셋이서 가도 못 깰지도 모르고. 그래서 기왕이면 전력에 도움이 되는 사람이랑 가고 싶은 거지. 또 믿을 수 있는 사람이었으면 싶고."

예린의 눈동자가 흔들렸다.

"나중에는 네가 뭐든 발견해서 우리랑 공유하면 되잖아."

"그래도……."

"우리 둘이선 힘들다니까. 정 마음에 걸리면 뭐라도 좋으니까 보답하든가."

"정말 그러면 될까?"
"그래, 그럼 돼."
"으음."
여전히 고민하는 듯한 예린의 손을 무혁이 잡았다.
"가자."
그제야 고개를 끄덕이는 예린이었다.
"자, 그럼 진짜 출발한다?"
"그래."
세 사람이 목적지로 향했다.
고대 던전. 무혁조차 알지 못하는 미지의 사냥터로.

목적지에 도착한 무혁과 성민우는 서로를 쳐다보며 고개를 끄덕였다. 뒤쪽에 있던 예린은 부담감을 어느 정도 떨쳐 내었는지 호기심이 깃든 표정을 짓고 있었다.
"와, 여기야?"
"응."
"헤, 재밌겠다. 던전은 경험한 적이 한 번도 없어서."
"아마 좀 힘들 거야."
"으음, 오빠랑 같이 있으니까 괜찮아."
"그래, 그럼 들어가자."
먼저 성민우가 나무기둥으로 나아갔다.

쑤욱.
자연스럽게 기둥을 통과하더니 그의 모습이 사라졌다.
"우와……."
"신기하지?"
"웅!"
"먼저 들어가."
"알겠어, 오빠."
다음으로 예린이 들어갔고 마지막이 무혁이었다.

[고대 던전을 발견하셨습니다.]

메시지를 무시한 채 앞으로 향했다.
거대한 철문. 그곳에 손이 닿는 순간.

[입장합니다.]

빛이 세 사람을 집어삼켰다.

나무가 우거진 숲, 그 내부에서 눈을 뜬 세 사람이었다.
"시작부터 숲이야?"
"으음."

따사로운 해가 내리쬐는 산책로 같은 숲은 아니었다. 팔뚝을 본능적으로 쓸어내릴 만큼 음산함이 감돌고 있었다.

"휘유, 엄청 스산한데?"

"으으, 이런 거 싫은데."

예린은 미간을 찌푸렸고.

"확실히 음침하네."

무혁은 동의하며 걸음을 옮겼다.

"일단 가 보자."

앞으로 나아가기를 20여 분.

"왜 아무것도 없지?"

그 무엇도 나타나지 않았다.

"몬스터가 아예 없는 건가?"

"길도 잘 모르겠고."

"아무래도 고대 던전은 처음이니까."

이번 생에선 최초다. 물론 과거 전신마비로 지낼 때 몇 번 동영상을 본 적은 있다. 다만 고대 던전의 경우에는 영상으로도 그 정보를 접하기가 쉽지가 않았다.

겨우 10번밖에 클리어되지 않은 던전이기도 했고 또 클리어하는 유저들이 정보를 감추기 위해 동영상을 풀지 않은 탓도 있었다.

물론 전부가 그런 건 아니었기에 고대 던전과 관련된 2개의 영상을 몇 번 보기는 했지만 기억이 선명하지는 않았다.

다만 아주 혹독하고도 가혹했으며 또한 지독했다는 점만

감정적으로 남아 있을 뿐이었다.

"일단 계속 가 보자."

그 순간 음울한 소리가 고막을 때려왔다.

"꼭 귀신 소리 같네."

"으으, 무서워."

"재수 없는 소리 하지 말고."

"그렇잖아. 소리가 꼭……!"

말을 하던 성민우가 놀라며 뒤로 물러났다.

"허업! 저, 저기……?"

성민우가 가리킨 곳을 따라 무혁이 고개를 돌렸다.

그곳엔 나무기둥만이 자리를 차지하고 있었다.

"예린아, 뭐 보이는 거 있어?"

"음. 아니?"

예린 역시 마찬가지인 모양이었다.

"아무것도 없잖아. 민우 오빠는 왜 장난을 치고 그래."

"아, 아냐. 뭔가가 있었어. 있었다니까?"

무혁은 그런 성민우를 빤히 바라봤다. 당황한 표정이었다.

장난치는 건 아닌 거 같은데.

"그럼 은신형 몬스터인가?"

"그, 그런가?"

무혁이 스켈레톤을 소환하여 퍼트린 후 주변을 막무가내로 공격하도록 지시했다. 나무의 기둥과 나뭇가지가 사방에서 베어졌으나 스켈레톤의 움직임을 제외하곤 그 어떤 이상한 낌새도 느껴지지 않았다.

“진짜 뭔가가 있긴 했어?”

“그렇다니까.”

“어떤 생김새였는데?”

“어, 그게…….”

성민우가 설명을 시작했다.

“어린아이? 그래, 어린아이가 있었어. 눈이 잠깐 마주쳤던 거 같은데…….”

“아 놔, 이 자식.”

무혁은 성민우의 뒤통수를 살짝 치며 앞으로 향했다.

“어린아이는 무슨. 장난치냐?”

“지, 진짜라니까!”

“됐고. 어서 오기나 해.”

“어휴, 답답하다, 진짜!”

성민우가 그러건 말건 무혁과 예린은 앞으로 나아갔다. 별 수 없이 두 사람을 쫓아가던 성민우는 어느새 그들과 나란히 걷고 있었다.

“하아, 이상하네.”

그는 분명 아이들을 봤었다. 그 섬뜩한 시선도 생생하다.

얼마나 놀랐던지. 그 짧은 순간의 경험은 오싹함, 그 자체였다. 그 탓에 아직까지도 식은땀이 척추를 타고 흐르는 기분이었으니까. 분명 사실이었다.

봤어, 봤다고.

근데 이상하기는 했다. 던전에 아이라니. 그래서 강하게 주장하지 못했다.

젠장, 모르겠다.

착각이라 여길 수밖에 없었다. 생각할수록 오싹했기에 잊어버리고 싶은 마음도 컸고.

"후우."

복잡한 생각 따윈 지워 버렸다

그래, 어떻게든 되겠지.

그렇게 여기면서 나아가다가 문득 너무 고요하다는 생각이 들어 무혁과 예린, 두 사람을 쳐다봤다. 그들은 전방을 주시한 채로 걸음을 옮기고 있었다.

"참, 무혁아."

"어."

"이거 던전 클리어하면 팔 거지?"

"그래야지."

"얼마에?"

"글쎄."

꽤나 단답형이었다.

귀찮나? 아니면 집중한 탓일 수도 있으리라.

"쩝, 일단 좀 편한 곳에서 얘기하자."

"그러자."

마침 어두침침한 숲길이 끝나고 갈림길이 나타났다. 앞은 길이 끊겨 있었고 왼쪽은 드넓은 초원과 이어졌다.

그곳으로 몸을 트는 순간.

"어디 가는 거야?"

"어? 뭐가?"

"거기 낭떠러지잖아."

"무슨 소리야?"

예린도 무혁의 말에 동의했다.

"거기 낭떠러지 맞아, 오빠."

"어?"

당황한 성민우가 다시 고개를 돌렸다. 여전히 왼쪽은 초원이었고 오른쪽은 낭떠러지였다. 그런데 무혁과 예린은 왼쪽이 낭떠러지고 오른쪽이 초원이라고 말하고 있었다. 믿을 수가 없어서 왼쪽 초원으로 향하는데 무혁이 소리를 쳤다.

"떨어지겠어!"

"……."

그 말에 걸음을 멈출 수밖에 없었다.

"도대체 왜 자꾸 낭떠러지로 가려는 건데?"

"어, 그게. 내 눈에는 여기가 초원으로 보여서."

"그게 무슨 소리야?"

"어, 난 오른쪽이 낭떠러지로 보이는데?"

"진짜?"

"응."

"으음."

고민하는 표정을 짓던 무혁이 조심스럽게 입을 열었다.

"혹시 말이야. 아까 너 이상한 거 봤다고 했잖아."

"아, 그랬지."

"뭔가가 환영을 건 거라면?"

성민우는 분명 아이의 눈과 마주쳤었다.

그 짙푸르던 눈동자. 그 아이가 몬스터고. 그 몬스터가 스킬을 걸었을지도 몰랐다. 가능성은 있었다.

"그럴지도."

"아마도 확실한 거 같은데?"

"으음."

"조금만 늦었어도 너 떨어져서 죽었을 거야."

"후아, 그러게."

"여기 숲길에서 벗어나면 본래대로 돌아올지도 모르니까 어서 초원으로 가자."

"오케이!"

성민우가 걸음을 옮겼다. 그러다 낭떠러지 앞에서 멈췄다.

문득 의문이 들었다.

정말 초원으로 가는 길인가? 끝없는 어둠이 저 아래에서 기다리고 있는데? 초원이 아니라면? 낭떠러지가 진실이라면?

꿀꺽.

한 걸음의 실수가 죽음과 직결되리라. 그것은 곧 고대 던전을 클리어하지 못한다는 소리와 같았다. 기회는 오직 한 번이었으니까.

걱정스러운 마음, 또 혼란스러운 마음에 고개를 돌리니 무혁과 예린이 시야에 들어왔다.

왜, 저 두 사람은 앞으로 나아가지 않는 것일까.

"어린아이? 그래, 어린아이들이 있었어. 눈이 잠깐 마주쳤던 거 같은데……."

성민우의 말을 듣던 무혁은 고개를 갸웃거렸다.

어린아이? 뭔가 찜찜한 기분이 들었지만 털어내며 성민우의 뒤통수를 살짝 쳤다.

"어린아이는 무슨. 장난치냐?"

"지, 진짜라니까!"

"됐고. 어서 오기나 해."

"어휴, 답답하다, 진짜!"

성민우가 그러건 말건 무혁과 예린은 앞으로 나아갔다. 그런데 뒤에서 쫓아오는 기색이 느껴지지가 않았다. 고개를 돌렸는데 그곳에 있어야 할 성민우가 보이지 않았다.

사라졌다?

"오, 오빠? 민우 오빠가……."

"어어, 나도 보고 있어."

그 순간 무혁의 머리를 스치고 가는 어떤 기억의 파편.

고대 던전, 숲, 어린아이, 사라짐…….

그 파편은 숨어 있던 조각들을 하나씩 옮기더니 이내 완성

된 퍼즐로 만들어버렸다. 무혁이 시청했던 고대 던전과 관련이 있던 영상 2개가 보다 선명해졌다. 그중에 하나와 그 시작이 아주 흡사했다.

현혹? 뒤이어 떠오르는 영상의 내용.

"아……!"

이곳은 귀신의 숲이라 불리던 곳이었다. 숲을 거닐 때 만약 소리가 들린다면 절대로 고개를 돌려선 안 된다. 혹여 돌렸더라도 아이와 눈을 마주쳐선 안 된다.

마주친다면?

그 순간 현혹되어 사라지리라. 지금의 성민우처럼 말이다.

"예린아! 서둘러야겠다."

"어? 갑자기 왜……."

무혁이 아는 걸 설명해 줄 순 없었다.

"몬스터가 잡아간 거 같아."

"아……!"

"가자."

"으응!"

귀신의 숲을 클리어하는 방법 역시 떠오른 상태였다.

"가면서 이상한 소리 들려도 절대로 옆은 쳐다보지 말고."

"알겠어."

"정면만 보고 가는 거야."

"응."

"대신 속도는 높이자."

무혁은 예린과 함께 거의 달리다시피 움직였다.

"오, 오빠?"

"응?"

"이상한 소리가 들리는데?"

"소리?"

"응, 어린애 목소리 같기도 하고."

무혁이 예린의 손을 잡았다.

"앞만 보면 돼."

"아, 알겠어."

얼마나 이동했을까. 나왔다. 드디어 갈림길이 등장했다.

왼쪽은 초원. 오른쪽은 낭떠러지였다.

"왼쪽으로."

"응!"

무혁과 예린이 초원에 첫발을 내딛자 사라졌던 성민우가 모습을 드러냈다.

"어? 민우 오빠다."

"후우, 다행이네."

그는 아직 갈림길에서 벗어나지 못한 상태였다.

늦지는 않은 모양이네.

안도하는 순간 성민우가 낭떠러지로 향했다. 멈춰 잠깐 뒤를 보았으나 무언가에 홀린 듯 멍하니 정면을 바라봤다.

직후 한 발을 지면에서 떼어내며 앞으로 향하려는 듯, 중심을 이동시켰다. 저대로 두면 한 걸음이 완성될 때 성민우는 균형을 잃고 아래로 떨어지고 말리라.

이런, 윈드 스텝!

서둘러 스킬을 사용하여 거리를 좁혔다.

성민우는 두 사람을 쳐다보고 있었다.

"낭떠러지로 보이는 여기가 실은 초원이라는 거지?"

"그렇지."

"근데 내 눈에는 아무리 봐도 낭떠러지란 말이지. 그러니까 네가 앞장을……."

그 순간 또다시 어디선가 음울한 소리가 들려왔고 동시에 무혁이라 생각하고 있던 그의 눈동자가 짙푸르게 빛났다.

"어서 가야지."

성민우의 동공이 순간 흔들렸다. 이내 멍해졌다.

"어, 가야지."

의문이 사라졌다. 의문? 그런 게 있었던가.

저벅, 성민우가 발을 지면에서 떼어냈다.

휑하니 비어버린 공간. 그 아래로 발바닥이 내려앉는다.

어……?

밟히는 게 없어서인지 몸이 휘청거렸다.

균형을 잃은 그 순간 누군가가 성민우의 손을 잡아챘다.

"후우, 다행이네."

"어?"
"너 귀신에 홀렸었어."
"무슨 소리야?"
"귀신에 홀렸다고, 인마. 귀신이 하는 헛소리 듣고 너 지금 여기서 떨어지려고 했잖아."
"네가 여기가 초원이라며?"
"하아, 따라와라."
무혁이 성민우를 끌고 초원으로 나갔다.
"여기가 초원이야, 멍청아."
"어, 어……!"
초원을 벗어난 덕분일까. 성민우를 억압하던 귀신의 장난질, 현혹이 깨졌다. 정신이 명확해졌으며 이성이 돌아왔다. 혼란과 혼동이 전부 사라진 것이다.
"미친!"
정말로 귀신에 속았던 것임을 깨달았다.
"지, 진짜로 내가 귀신에 홀렸었다고?"
"어."
"잠깐만. 아직 확실하지 않아."
"뭐가?"
"너 대학 다닐 때 짝사랑했던 애 이름 뭐냐?"
"아, 시바. 예린이 앞에서……."
"이름 뭐냐고."
무혁이 성민우에게 다가가 귓속말을 했다.

"어, 맞네. 넌 진짜구나!"

"그래, 진짜다. 새끼야."

"와, 시바. 시작부터 장난이 아니네."

무혁이 고개를 저었다.

어휴, 진짜. 예린이 앞에서 대학교 때 짝사랑했던 여자의 이름을 말하라니. 예린을 바라보니 그녀가 묘한 미소를 짓고 있었다. 귀신에게 홀렸던 성민우에게 뭐라고 하기도 그랬다.

"에휴, 그래, 장난이 아니지."

"대박이다, 진짜."

"고대 던전이니까."

그제야 지켜만 보던 예린이 다가왔다.

"오빠, 괜찮아요?"

"아, 어어. 괜찮아. 이 정도야, 뭐……."

괜찮진 않겠지만 이 정도에 흔들릴 멘탈은 아니었다.

"후아, 새로운 경험이었다고 치자고."

"확실히 새롭긴 했겠다."

"으으, 그래도 다시는 경험하고 싶지 않다고. 대화까지 나눴는데 그게 귀신한테 홀린 거였다니 끔찍하다, 끔찍해. 근데…… 진짜 희한한 경험이긴 했어."

"뭐가?"

"절벽이랑 초원의 위치는 바뀐 게 없는데. 그러니까, 내가 보고 있는 게 진실인 건데 뒤에서 부추기는 그 귀신 녀석들의 말에 진짜를 가짜라고 생각해 버린 거잖아. 내가 이렇게 명확하게 보고 있는데도 불구하고 그 거짓말을 믿어버린 거지. 뭐, 물론 그 귀신을 너라고 착각해서 의심하지 않은 거긴 하지만…… 그래도 이상한 경험이었어. 진짜로."

현혹을 경험한 건 성민우다. 무혁은 영상의 기억만 남아 있기에 그 경험이 얼마나 이상할지 상상도 되지 않았다.

하지만 성민우의 표정을 보면 그 경험이 정말로 특이했으리란 사실을 알 수 있었다.

"괜찮냐?"

"아, 어어. 지금은 괜찮아."

"좀 쉬자."

"그럴까."

자리를 잡고 앉으니 드넓은 초원이 명확하게 들어왔다.

"괜히 걱정되네. 여긴 또 얼마나 지독할까 싶어서."

확실히 그랬다. 이곳은 고대 던전이니까. 귀신의 숲에서 현혹을 경험한 이상 모든 것을 의심해야 할지도 모른다.

"제대로 다잡고 가야지."

세 사람은 앉은 상태로 숲에서 경험했던 것들을 이야기했다. 덕분에 조금 남아 있던 거리낌까지도 전부 사라졌다.

"후, 진짜로 괜찮아졌다."

"그래?"

"어, 이제 가자. 군마 소환."

세 사람은 군마에 탑승한 채 평화로워 보이기만 하는 초원을 질주했다. 30분 정도를 이동했지만 초원이 이어졌다.

"더럽게도 넓네."

툭하고 던진 무혁의 말대로였다.

넓어도 너무 넓었다. 초원의 끝이 보이지 않았으니까.

문제는 몬스터가 나타나지 않음에도 불구하고 긴장을 늦출 수가 없으니 정신적으로 상당히 지쳐 버렸다는 점이었다.

과연 이 초원에서는 또 어떤 일이 벌어질 것인가. 귀신의 숲처럼 생각하지도 못한 것이 나올까, 몬스터가 나타날까?

"하. 몬스터야 나와라, 좀."

지금 상황에선 오히려 몬스터가 그리울 정도였다. 귀신의 숲이야 어린아이와 현혹이라는 키워드가 맞춰지면서 공략법이 떠올랐지만 그 이후로는 사실 기억이 흐릿했다. 너무 많은 영상을 봐서 기억이 엉키기도 했고 몇 년 전 영상을 기억할 정도로 똑똑하지는 않았기 때문이다.

그래도 한 가지 추측은 가능했는데 아마 앞으로 귀신의 숲처럼 특이한 공간은 나오지 않을 것 같았다. 그랬다면 분명히 귀신의 숲과 이어지면서 얼핏이라도 떠올랐을 테니까.

몬스터가 나올 것 같기는 한데 어떤 유형인지 그리고 언제 나타날지가 문제였다.

"어? 저, 저기!"

"뭐야? 몬스터라도 나왔어?"

예린의 손가락을 따라서 움직이는 무혁과 성민우의 얼굴. 보따리를 어깨에 걸치고 있는 펭귄 한 마리를 볼 수 있었다.

"펭귄……?"

성민우의 중얼거림이 들렸으나 한 귀로 흘려버렸다.
이미 정체를 알고 있었으니까. 보부상! 예전에 만났던 보부상과는 생김새가 달랐지만 펭귄은 보부상이 확실했다.
"귀, 귀여워!"
"저거 몬스터 맞나? 죽일까?"
극명한 두 사람의 반응. 무혁이 나서며 손을 들었다.
"잠깐만, 전에 던전에서 본 적이 있어."
"진짜? 몬스터야?"
"아니, 보부상이야."
"보부상?"
"어, 던전 돌아다니면서 물건 파는 종족."
"아아."
말을 나누는 사이 보부상이 가까워졌다.
정말 펭귄이었다. 뒤뚱거리는 모습은 확실히 귀여웠다.
"꺄아아!"
예린이 참지 못하고 뛰쳐나갈 정도였으니까. 몬스터였다면 말렸겠지만 보부상이었기에 예린을 굳이 말리지 않았다.
"귀여워, 귀여워!"
보부상 펭귄은 예린의 호들갑에 미간을 찌푸렸다. 그 순간 예린이 손을 뻗어서 보부상인 펭귄을 번쩍하고 안아버렸다.
"하아, 인간이란……."
그 순간 펭귄이 말을 했다. 그것도 사람의 말을.
"어, 어머!"

깜짝 놀란 예린이 펭귄을 놓쳤다. 펭귄은 날개를 퍼덕거리며 가볍게 착지했다. 그러고는 못마땅한 시선으로 예린을 올려봤다.

"쯧."

뒤뚱거리며 그녀를 지나쳤다.

"풋! 웃기네, 저 펭귄."

"인정."

긍정의 말을 던진 무혁이 펭귄에게 다가갔다.

"잠깐."

"인간, 뭐지?"

"물건을 보고 싶은데."

"오, 거래자인가?"

"그래."

"좋지. 한번 보라구."

짐꾸러미를 내려놓더니 느릿느릿하게 풀기 시작했다. 답답한 시간이 지나고 드디어 보따리가 완전하게 풀렸다.

"흐음."

무혁은 앉아서 물건을 살폈다. 성민우와 예린도 다가왔다.

"뭔가 많은데?"

"신기하다."

감탄에 펭귄이 고개를 끄덕였다.

"인간들이 보는 눈이 있군. 그런 의미로 특별히 설명을 해주겠어. 일단 붉은 물약부터 알려주겠다. 이건 체력을 순간적으로 높여주는 아주 희귀한 물약인데……."

안타깝게도 펭귄의 말에 집중하는 사람은 없었다. 설명을 듣는 것보다 두 눈으로 직접 확인하는 게 더 확실했으니까.

손을 뻗어 물약을 살짝 만지자 홀로그램이 떠올랐다.

[순간 체력 강화 물약]

순간적으로 체력을 강화할 수 있는 물약으로 특수한 장소에서만 사용할 수 있으며 유지 시간은 10분입니다.

-HP(300), 물리 방어력(20), 마법 방어력(20) 상승.

[필요 포인트 : 20]

[보유 포인트 : 100]

위험한 몬스터를 잡기 전에 마시면 꽤 좋을 것 같았다.

그보다 포인트라. 100포인트나 보유하고 있는 상황이었다.

귀신의 숲을 통과하면서 얻었겠지. 신중하게 사용해야겠다는 생각을 하면서 다른 아이템들을 확인했다.

"이 물약을 어떻게 얻었는지 알면 깜짝 놀라겠지. 궁금하지, 인간? 이건 말이야. 내가……."

펭귄의 말은 물론 무시했다. 이것도 괜찮고. 분명히 괜찮은 아이템은 많은데 구입할 정도로 이끌리는 건 없었다. 몇 개를 더 보던 무혁의 손길이 멈췄다.

[특수 은신 해제의 물약]

끝없는 초원의 길을 걷는 자여, 그대를 위해 길을 만들었노라.

-반경 1,000m 몬스터의 특수 은신술 해제.

-유지 시간 : 60분.

[필요 포인트 : 25]

[보유 포인트 : 100]

보는 순간 망치로 한 대 얻어맞은 기분이었다.

갑자기 나타난 보부상과 끝이 보이지 않는 초원. 그리고 물약까지. 이 모든 것이 한 가지 상황을 유추할 수 있게끔 배치되어 있었기 때문이다. 아직 확신할 수는 없었기에 다른 아이템을 모두 살펴봤다. 역시 다른 아이템은 능력치를 올려주거나 혹은 몬스터의 능력치를 하락시키는 게 전부였다. 설명 역시 단순했다.

유일하게 하나, 특수 은신 해제의 물약만이 초원을 언급하고 있었고 길이라는 중의적 단어로 눈길을 끌고 있었다.

가능성은 있어. 이 초원에 은신 몬스터가 있을 가능성. 그런데 꼭 사야만 하는 걸까. 그냥 무시한 채 초원을 뚫고 갈 순 없는 걸까.

고개를 저었다. 고대 던전이다. 그렇게 쉬울 리가 없다.

"와, 이거 좋은데?"

"오빠, 나 포인트로 하나 사도 돼?"

두 사람의 말에 정신을 차린 무혁이 고개를 저었다.

"잠깐만."

"응? 왜?"

"좀 신중해야 할 거 같아서."

성민우가 고개를 갸웃거렸다.

"뭐 걸리는 거라도 있냐?"

"어."

"뭔데?"

"음, 이거 한번 봐."

"특수 은신 해제의 물약이라……."

"이상하지 않아?"

"뭐가?"

"설명 문구 말이야. 다른 것들은 평범한데 유독 이것만 초원을 언급하고 있잖아. 길을 만들었다는 소리도 있고."

"그게 이상한 건가?"

"만약 저 문구가 이 초원에 비선공 은신 몬스터가 있다는 점을 알려주는 거라면? 그 몬스터를 죽여야만 이 초원에서 벗어날 수 있는 거라면?"

"어……!"

그런 생각은 해본 적이 없는지 성민우는 물론 예린도 당황스러운 표정을 지었다. 하지만 얼마 지나지 않아서 수긍했는지 고개를 끄덕였다.

"그럴지도……."

"고대 던전이니까."

"그래서 내 생각에는 이 물약을 사는 게 좋을 거 같은데."

"우리까지 전부?"
"아니, 일단은 나 혼자만."
"왜?"
"확인부터 해야지."
"아, 먼저 1개 써서 파악하겠다는 거네?"
"맞아. 아무것도 구입하지 말고 기다리고 있어."
"오케이."
"알았어, 오빠."
무혁은 먼저 25포인트로 물약을 구입해 바로 사용했다.

[몬스터의 특수 은신술을 해제합니다.]

"어, 저, 저기……!"
그리고 은신이 풀린 몬스터를 발견했다.

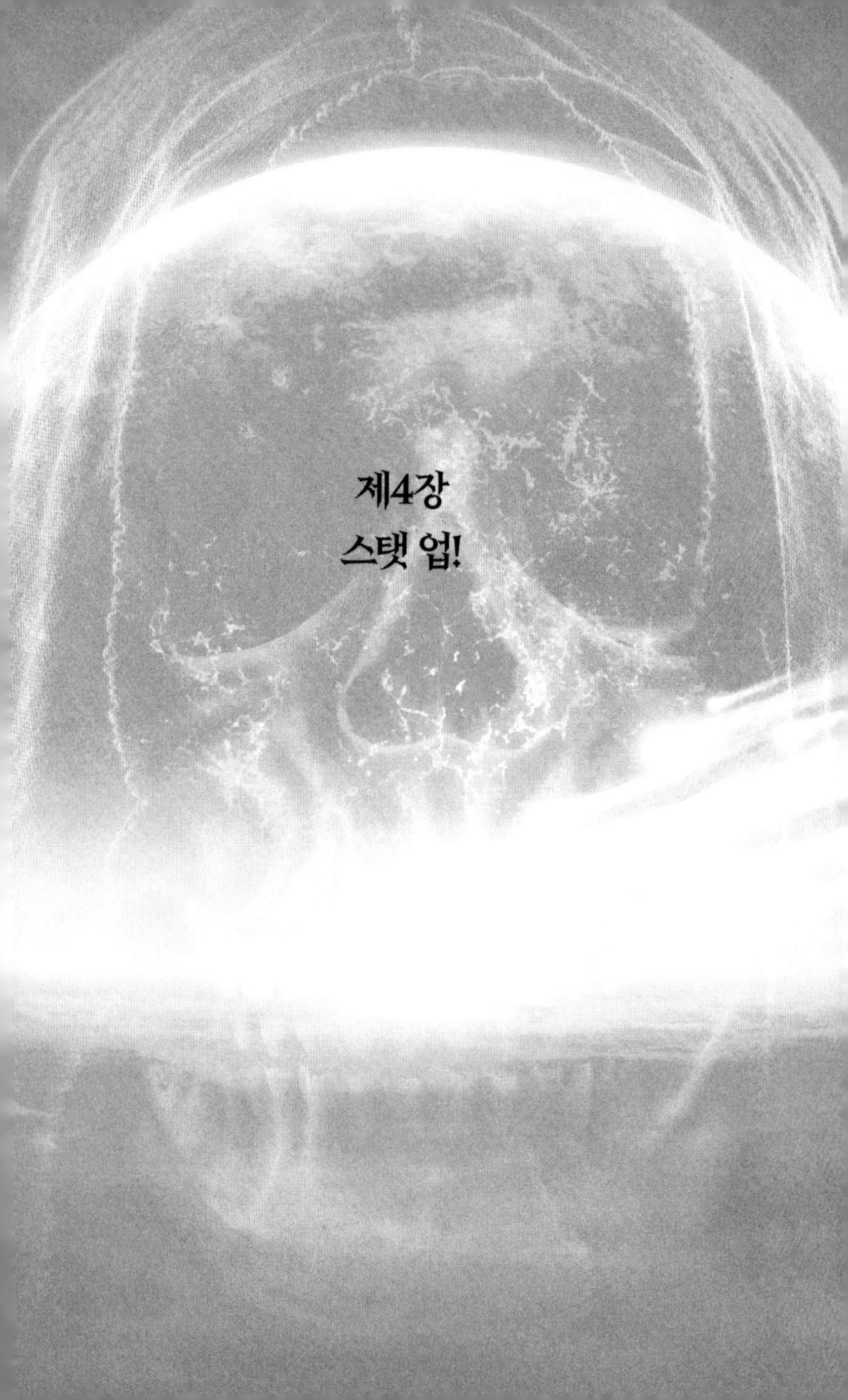

제4장
스탯 업!

서둘러 물약을 모두 구입했다.

"4개."

"나도 4개."

"3개 더."

그러자 펭귄이 보따리를 쌌다.

"포인트를 다 썼군. 난 간다, 인간들."

보따리를 어깨에 멘 후 뒤뚱거리면서 세 사람을 지나치는 펭귄이었다. 그런 녀석의 뒷모습을 잠시 감상하던 무혁이 고개를 저으며 성민우와 예린을 쳐다봤다.

"놈이 오고 있으니까 준비하자."

"아, 그래야지."

유지 시간도 조금씩 줄어들고 있었다. 군마를 타고 달리자 저 멀리, 거대한 크기의 몬스터와 가까워졌다.

"읍……!"

명확해질수록 징그러움이 배가 되었다. 얼굴 전체가 거대한 입으로 이뤄져 있는 몬스터, 빅 마우스의 역겨운 자태 때문이었다.

어깨, 팔꿈치, 옆구리, 허벅지 등등. 곳곳에 침을 뚝뚝 흘리고 있는 거대한 입이 자리를 잡고 있었다. 심지어 주먹과 발까지도 입이었기에 접근하는 것조차 꺼려졌다. 한 번 물리면 꽤나 큰 피해를 입을 것 같은 두려움과 함께 거북함이 스멀거리며 올라왔기 때문이다.

다행스럽게도 세 사람에겐 대신 싸워줄 녀석들이 있었다.

그리고, 새로운 스킬도.

무혁은 군마에서 내린 후 스킬을 사용했다.

리바이브.

[주변을 떠도는 몬스터의 영혼(0마리)을 발견했습니다.]

[몇 마리를 부활시키겠습니까?]

무혁의 미간이 찌푸려졌다.

0마리?

아무래도 최초로 입장을 한 탓인지 죽은 몬스터의 영혼이 없는 모양이었다. 별수 없이 스켈레톤을 소환했다.

키리릭.

성민우와 예린 역시 각자의 소환수를 불러낸 상태였다. 12마리의 정령과 32마리의 다람쥐, 그리고 무수한 스켈레톤을 바라보며 새롭게 배운 스킬을 사용했다.

근력 증가. 체력 증가. 약화.

이제 남은 건 전투뿐이었다.

"징그러우니까 빨리 끝내자고."

"좋지."

"네, 오빠!"

합심하여 집중 공격을 퍼부었다.

쾅, 콰과과광!

고대 던전의 몬스터이기 때문일까. 확실히 빅 마우스는 기준을 초월하는 강함을 지니고 있었다.

5미터에 해당하는 키를 지니고 있음에도 불구하고 몸놀림이 매우 빨랐다. 게다가 신체의 곳곳에 거대한 입이 있어서 가까이 접근하는 순간 소환수가 처참하게 뜯겨 나갔다.

마치 잡아먹히는 듯한 모습에 절로 미간이 찌푸려졌다.

[검뼈1이 역소환됩니다.]

[아머나이트7이 역소환됩니다.]

검뼈는 순식간이었고 아머나이트도 그리 오래 버티진 못했다.

"엄청 쌔잖아!"

근접에서 몇 번 공격을 퍼붓던 성민우도 힘겨운지 거친 목소리를 토해냈다.

"대미지가 별로 안 들어가!"

"누군 들어가겠냐?"

"오빠, 다람쥐 완전히 불쌍해. 어떻게 해……."

"흐음."

방법이야 있겠는가.

"그냥 물량으로 밀어붙이자고!"

스켈레톤이, 다람쥐가, 그리고 정령이 한 마리씩 사라지고 있지만 상관없었다. 여전히 100에 달하는 소환수가 사방을 가득 채우고 있었으니까.

"HP만 꾸준히 까자고!"

"알았어!"

그때 메이지의 쿨타임이 돌아왔다.

"마법 간다!"

주변 소환수를 잠시 뒤로 보내고 메이지에게 마법 사용을 명령했다. 각양각색의 마법이 빅 마우스의 전신을 타격했다.

콰과과광!

뒤이어 화살이 쏘아지고.

전진!

다시 근접 소환수들이 빅 마우스를 감싼 채로 공격을 퍼부었다. 그런 반복된 행동으로 녀석의 HP를 꽤나 뺐다고 생각했을 즈음. 기이한 소리를 내뿜는 빅 마우스였다.

이런.

놈의 스킬을 알고 있는 무혁이었지만 사실 저 스킬은 막을 방법이 없었다. 동료를 부르는 울부짖음이었으니까.

몇 마리나 올 것인가.

그전에 눈앞에 있는 빅 마우스를 처리할 수 있느냐, 없느냐가 이번 전투의 열쇠가 되리라. 장검에 혼란의 물약을 묻힌 후, 윈드 스텝으로 빅 마우스에게 달려들었다. 거리를 좁힌 순간 무언가가 날아왔다.

입?

다른 몬스터였다면 주먹이었겠지만 상대는 빅 마우스였다.

날아오는 것도 징그럽기 짝이 없는 거대한 입이었다. 날카로운 이빨들이 빛을 뿜어대는 모습은 한순간이지만 간담을 서늘하게 만들기에 충분했다.

젠장!

서둘러 방향을 틀었다. 상체를 숙이며 눈앞에 보이는 빅 마우스의 무릎을 노렸다. 그곳에 있던 입이 크게 벌어지며 순식간에 다가왔지만 이번에는 피하지 않았다.

아니, 피할 수 없었다고 해야 할까. 차라리 공격을 넣는 게 더 낫겠다는 생각이 들었다.

풍폭, 십자베기!

휘둘러진 검과 날카로운 이빨이 부딪치는 순간.

콰아앙! 폭음과 함께 반동으로 몸이 밀려났다.

"크읍!"

빅 마우스가 무혁에게 달려들었다.

아머나이트3, 4, 5 왼쪽으로.

늦지 않게 아머나이트 세 마리가 앞을 가로막았다.

콰앙!

방패로 막았음에도 뒤로 한참을 밀려났지만 방어벽이 무너지진 않았다. 덕분에 균형을 잡은 무혁이 재차 빅 마우스에게 짓쳐갔다.

뒤를 노렸지만 옆구리에 있는 입이 튀어나오면서 또다시 무혁을 막았다.

까다롭네.

그렇다고 물러설 순 없었다. 빅 마우스가 동료를 불렀기에 시간을 지체하면 두 마리 이상의 빅 마우스를 상대해야 할지도 모르기 때문이다.

"흐읍!"

다시 검을 휘둘렀다.

카강!

이번에도 이빨에 막혔지만 이미 예상하고 있었다. 즉시 손목을 비틀며 검을 위로 들어 올린 덕분에 검의 날이 입천장을 긁었다.

[혼란의 물약이 '빅 마우스'에게 적용됩니다.]

빅 마우스의 움직임이 순간 멎었다.

비틀.

그러더니 몸을 들썩거렸다. 마치 어깨춤을 추는 모양새였다. 신체 지배력을 잃은 탓이었다.

크, 크르륵?

지금이 HP를 줄일 기회였다.

"끝내 버리자고!"

"오케이!"

방어에 전념하던 소환수도 공격에 돌입했다.

퍽, 퍼버버벅!

비록 3초였지만 그 시간 동안 상당한 피해를 입혔음이 분명했다. 환각의 물약 효과가 풀리는 순간 빅 마우스가 휘청거리는 것만 봐도 확신할 수 있었다.

무혁의 공격도 제대로 들어갔다.

[크리티컬이 터집니다.]

[310의 대미지를 입힙니다.]

[580의 추가 대미지를 입힙니다.]

크리티컬이 터졌음에도 불구하고 빅 마우스의 방어력이 워낙에 높아서 대미지가 적게 들어갔다. 이미 인지하고 있던 부분이었기에 신경 쓰지 않고 공격을 이어가려는 순간 뒤에서 서늘한 기세가 느껴졌다. 다급히 몸을 숙였다.

후웅.

머리 위를 스치고 가는 날카로운 이빨.

물렀다면 성치 못했으리라.

몸을 일으키며 검을 아래에서 위로 그어 올렸다.

서걱.

베어지는 감각과 함께 뒤로 물러났다.

변형. 활로 바꾼 뒤 시위에 화살을 걸고. 풍폭, 강력한 활쏘기로 조준한 상태에서 시위를 놓았다.

파앙!

무혁은 화살을 지팡이로 바꾼 후 HP가 바닥까지 떨어진 아머나이트를 겨눴다.

죽은 자의 축복을 사용하자 HP가 꽤나 차올랐다.

아직 멀었나.

이미 빅 마우스의 전신은 상처로 가득했다. 마법에 그을린 것은 물론이고 화살들이 곳곳에 꽂혀 있어서 당장 쓰러져도 이상하지 않았다. 그럼에도 불구하고 치열하게 버텨내는 모습이 정말 징그러울 정도였다.

크, 크르.

그 순간 놈이 비틀거렸다.

거의 다 됐어.

예상대로 얼마 지나지 않아 놈이 쓰러졌다.

[경험치를 획득합니다.]

[포인트를 획득합니다.]

경험치는 물론이고 포인트까지 획득했지만 거기에 신경을 쓸 겨를이 없었다. 저 멀리서 일어나는 먼지구름이 시야를 빼앗은 탓이었다. 빅 마우스가 부른 동료이리라.

거리가 멀어서 정확한 숫자가 파악되지는 않았다.

불안해진 성민우가 중얼거렸다.

"미친. 도대체 몇 마리기에 저런 거야?"

"먼지가 많이 날린다고 수가 많은 건 아니니까."

"그래?"

"어, 덩치가 크잖아."

"아아."

옆에 있던 예린이 끼어들었다.

"근데, 오빠. 두 마리만 되도 힘들 것 같은데……."

그건 예린의 말이 맞았다. 무혁이 무어라 말을 하려는 순간 성민우가 손을 뻗었다.

"어, 보인다."

놈들의 숫자가 파악되었다.

"두 마리야."

"그나마 다행이긴 한데. 이길 수 있을까?"

무혁은 못했던 말을 뱉어냈다.

"두 마리는 가능하지."

"어떻게?"

무혁이 웃으며 중얼거렸다.

"리바이브."

[주변을 떠도는 몬스터의 영혼(1마리)을 발견했습니다.]

[몇 마리를 부활시키겠습니까?]

[기존 몬스터의 신체를 사용하시겠습니까?]

[Yes/No]

대체할 몸이 없었기에 기존 신체를 사용하기로 했다. 예스를 누르자 무혁의 몸에서 빛이 뿜어졌다. 신비로운 빛은 빅 마우스가 죽은 자리를 맴돌았고 이내 허공으로 스며들었다. 곧 검은 기운을 뿌리는 빅 마우스의 신체가 재생성되었다.

크르르.

빅 마우스가 좀비가 되어 나타난 것이다.

"이렇게."

"헙, 뭐냐, 이건?"

"새로운 스킬."

"대박. 저거 방금 전 그 몬스터 맞지?"

"어, 빅 마우스야."

"빅 마우스? 몬스터 이름은 또 어떻게 아는 거래. 아니, 그보다 이 녀석 계속 소환 가능한 거야?"

"아니, 일시적이야. 30분 동안만 유지되는 거고."

"와, 그래도 엄청나겠는데? 이 녀석이 한 마리 맡을 동안 우리가 나머지 한 명 처리하면 되는 거잖아."

"그렇지."

비록 신체 능력이 60퍼센트로 떨어졌다지만 아머나이트 몇 마리를 붙여준다면 빅 마우스 한 마리는 충분히 상대가 가능하리라.

"후아, 다행이다."

"좋냐?"

"당연하지!"

"기운 났으면 두 마리도 처리해 보자고."

"오케이!"

그때 옆에 있던 예린이 무혁을 올려다봤다.

"오빠, 진짜 멋있어."

"멋있긴. 그보다 다람쥐는?"

"다시 소환할 수 있어."

"다행이네. 그럼 준비하자."

"응!"

꽤 작았던 빅 마우스 두 마리가 이젠 상당히 커져 있었다. 그 만큼 거리가 좁혀졌다는 의미였다.

"저거 피해야겠지?"

"아니."

"안 피한다고?"

"어."

빅 마우스의 돌진을 피한다?

놈을 아는 유저라면 고개를 저을 것이 분명했다. 놈의 돌진은 피할 수 없다. 다른 몬스터라면 직선으로만 달리겠지만 빅 마우스는 아니었다. 돌진에 힘이 붙으면 붙을수록 방향을 트는 속도와 정확도도 비례해서 늘어났다. 마치 번개처럼 사방을 휘저어버리기에 절대 피해선 안 된다. 저 돌진을 막아야만 승산이 있는 것이다.

"어쩌게?"

"막아야지."

"굳이?"

"맞아. 오빠, 그냥 피하면 안 돼?"

"내가 저 몬스터 이름 알고 있었잖아?"

"그렇지."

"특징도 좀 알아. 저 돌진은 피하면 안 돼. 돌진력에 비례해서 방향을 트는 순간 속도도 엄청나거든. 우리가 피하기 시작하면 번개처럼 사방을 초토화시켜 버릴 거야."

"그 정도야?"

"어."

"후아, 그렇다면야 별수 없지."

그사이 거리가 더욱 가까워졌다. 5미터가 넘어가는 거대한 몬스터 두 마리가 엄청난 속도로 달려드니 그것만으로도 압박감이 상당했다. 게다가 빅 마우스 두 마리가 지면을 찰 때마다 공기가 미미하게 흔들리기까지 했다.

피부를 자극하는 오싹함. 전신을 짓누르는 그 자극을 견뎌내며 스켈레톤을 지휘했다.

메이지, 전원 마법.

쏘아진 마법이 달려드는 빅 마우스와 부딪쳤다.

콰아아아앙!

큰 타격이 없는지 먼지를 꿰뚫고 나오는 두 마리를 바라보며 화살을 날려 보냈다. 아머아처와 활뼈가 워낙 많아서 뼈 화살이 하늘을 가득 채울 정도였다.

비처럼 쏟아진 뼈 화살이 녀석들의 신체 곳곳에 박혔다. 덕분일까, 달려드는 속도가 조금은 줄어든 모습이었다.

다음으로는 성민우의 정령들이 나섰다. 마법을 쏘아 보내는 놈들, 접근해서 귀찮게 구는 놈들까지. 확실히 신경이 쓰이는지 빅 마우스의 돌진력이 약해졌다.

빅 마우스 좀비, 돌진.

그제야 되살린 좀비 빅 마우스를 앞으로 보냈다.

크후아아!

포효와 함께 지면을 차더니 다가오는 두 녀석에게 달려들었다.

쿠우웅!

좀비 빅 마우스가 뒤로 튕겨 나갔다. 충격에 바닥을 굴렀지만 바로 몸을 일으킨 녀석을 보며 다시 전투를 이어갔다.

기마병과 아머기마병 전원을 돌진시켰다. 먼지를 일으키며 달려 나가던 일반 기마병들은 빅 마우스와 부딪히는 순간 허무하게 터져 버리고 말았다. 그나마 아머기마병은 창을 놈의 피부에 꽂아 넣으며 돌진력을 줄였다.

확실히 느려진 게 보였다.

그래도 부족하다 싶어서 검뼈까지 모두 희생했다.

그리고 마지막으로 아머나이트를 앞으로 보냈다.

키릭, 키리릭.

이들이 방어벽이 되어줄 것이다.

방어 모드.

수십의 아머나이트가 세 줄로 늘어서더니 방패를 앞으로 내밀었다. 곧이어 두 마리의 빅 마우스가 방패와 격돌했다.

쿠우웅!

첫 열에 있던 아머나이트가 뒤로 날아갔다. 그 뒤에 있던 아머나이트가 방패로 막았지만 버티지 못하고 밀려났다. 세 번째 줄에 있던 아머나이트 역시도 조금 밀려났지만 이내 자리를 굳건하게 지켜냈다.

크, 크르르?

빅 마우스의 돌진을 저지한 것이다.

파아앙!

놀란 놈들을 향해 화살이 쏘아졌다. 두 마리 빅 마우스가 화살을 막기 위해 주춤대는 사이, 작은 다람쥐들이 사방에서 점프하며 공격했고 정령들은 연계 공격으로 정신을 혼미하게 만들었다. 덕분에 아머나이트들이 한 마리의 빅 마우스를 완벽하게 포위했다. 남은 한 마리는 무혁이 살려낸 좀비 빅 마우스와 아머나이트 몇 마리가 합심하여 맡았다.

크워어어어어!

덕분에 두 마리의 빅 마우스를 상대로도 조금이지만 우세를 점할 수 있었다.

결국 한 마리의 빅 마우스를 처리한 무혁은 곧바로 좀비로 되살려내 남은 한 마리의 빅 마우스를 공격했다. 덕분에 어렵지 않게 놈을 처치할 수 있었다.

"리바이브."

전과 같은 홀로그램이 떠올랐다.

[주변을 떠도는 몬스터의 영혼(1마리)을 발견했습니다.]

[기존 몬스터의 신체를 사용하시겠습니까?]

[Yes/No]

이번에도 예스.

총 세 마리의 빅 마우스를 부릴 수 있게 되었다. 다만 유지 시간이 존재했기에 최대한 빨리 초원에 존재하는 나머지 빅 마우스를 처리하여 이곳을 벗어나야만 했다.

"조금만 빡세게 움직이자고."

"그래야지."

아직 특수 은신 해제 물약의 효과도 남은 상태였기에 최대한 빨리 움직이는 것이 이득이었다.

"군마 소환."

세 사람은 군마에 탑승한 채 빠르게 질주했다. 스켈레톤 수십 마리와 좀비 빅 마우스가 그 뒤를 쫓아갔다. 얼마 지나지 않아서 빅 마우스 한 마리를 더 발견할 수 있었다.

"저기 있다!"

곧바로 돌진하여 놈을 처리하고 녀석을 다시 좀비로 만들어 되살렸다. 마침 가장 처음 만들었던 좀비 빅 마우스가 사라졌기에 여전히 숫자는 세 마리로 동일했다.

"곧 오겠지?"

"포효를 질렀으니까."

방금 죽인 빅 마우스 역시 동료를 부르는 포효를 내질렀기에 기다리면 녀석들이 나타날 것이었다.

약 20초가 후, 저 멀리서 솟구치는 먼지가 보였다.

"온다."

"두 마리네."

무혁은 좀비 빅 마우스를 내보냈다.

쿠와아앙!

좀비 빅 마우스 3마리와 빅 마우스 2마리가 서로 부딪치면서 돌진이 상쇄되었다.

전원 공격!

이후 치열한 접전이 펼쳐졌다.

콰과과광!

좀비 빅 마우스 세 마리 덕분에 생각보다 쉽게 승리할 수 있었다.

"후아, 여기서 좀 쉬자."

"그래, 은신 해제 물약 시간도 끝났으니까."

"재소환 대기 시간도 있고."

"오빠, 공복도도 채워야 돼."

현재 상태에선 휴식이 필수였다.

"충분히 쉬고 다시 움직일 때 방금 죽인 빅 마우스 두 마리 되살리면 되겠네."

계획을 세운 후, 세 사람은 누가 먼저랄 것도 없이 자리에 털썩 주저앉았다. 무혁의 요리를 먹은 두 사람이 고개를 끄덕였다.

"역시 맛있어."

"오빠, 최고야!"

"당연히 맛있지. 요리 스킬 레벨이 몇인데."

무혁은 괜히 뿌듯해져서는 차려진 음식을 한입 떠먹었다.

으음, 내가 만들었지만. 정말로 맛있었다.

쌓였던 스트레스가 아이스크림처럼 녹아내렸다. 전투 자체는 그리 힘들지 않다. 강한 녀석과 싸우면 재미가 있고 또 승리했을 때는 희열을 느낄 수 있으니까.

그렇다고 마냥 쉬운 것만도 아니다. 특히 이런 던전 같은 곳에서는 끝없이 싸워야 하는데 그런 분위기가 안겨주는 스트레스가 적지 않았다. 휴식을 취하는 짧은 순간, 맛있는 음식 정도만이 그런 스트레스를 날려줄 유일한 위안거리였기에 무혁은 이 순간을 제대로 만끽했다.

"아아, 좋다."

"크, 쉴 때가 최고지."

"아니지. 쉬면서 맛있는 거 먹을 때가 최고지."

"인정."

느긋하게 포만감을 채운 후 한동안 수다를 떨었다.

"자, 그럼 해 떨어지기 전에 조금 더 움직여야지."

"응, 충분히 쉬었으니까."

세 사람 모두 몸을 일으켰다. 컨디션은 나쁘지 않았다.

"군마 소환."

군마에 탑승한 후 2마리의 빅 마우스를 살려냈다.

이후 군마에 탑승한 상태로 초원을 대략 5분 정도 달렸을 즈음 한 마리의 빅 마우스를 더 발견할 수 있었다.

"바로 간다!"

"오케이!"

좀비 빅 마우스가 속도를 높이며 무섭게 달려 나갔다.

쿠우웅!

부딪히면서 큰 충격을 받은 빅 마우스가 바닥을 굴렀다.

그사이 좀비 빅 마우스 두 마리가 쓰러진 녀석을 구타하기 시작했다. 직후 도착한 스켈레톤들이 돕기 시작하면서 사냥은 순조롭게 이어졌다.

물론 이번에도 빅 마우스가 괴성을 질러대며 동료를 불렀지만 뒤늦게 나타난 빅 마우스는 두 마리. 이미 한 마리를 처리하여 리바이브로 살려낸 상태였기에 좀비 빅 마우스는 세 마리였다. 혹시나 하는 마음에 스킬도 사용했다.

"약화, 근력증가, 체력증가."

여기에 스켈레톤과 정령, 다람쥐까지 있으니 밀릴 수가 없었다.

[경험치를 획득합니다.]×2

[포인트를 획득합니다.]×2

두 마리 빅 마우스를 생각보다 금방 처치할 수 있었다.

"리바이브."

곧바로 좀비로 살려냈다. 빠른 사냥 덕분에 총 5마리가 된 좀비 빅 마우스를 데리고 다시 초원을 누볐다.

"저기!"

빅 마우스를 발견했고.

콰아아앙!

사냥이 반복되었다.

어둠이 내려앉은 저녁. 잡화점에서 구입한 마법 등불 정도로는 시야도 확보되지 않았다.

"아무것도 안 보이네."

"오늘은 여기까지만 하자."

"그럴까."

무혁은 좀비 빅 마우스의 남은 시간을 확인했다.

7분, 11분, 21분이었다.

시간이 꽤 남았네.

스켈레톤을 포함하여 좀비 빅 마우스 다섯 마리를 전부 마계로 보내 버렸다. 이제 로그아웃을 할까 싶었는데 예린의 감탄사가 고막을 두드렸다.

"우와……."

그녀는 하늘을 올려다보고 있었다.

"왜?"

"저기, 하늘이……."

무혁도 고개를 들었다.

……!

순간적으로 정신이 쏘옥 빠져나가 버린 기분이었다. 하늘을 빼곡히 채우고 있는 별들. 당장에라도 쏟아질 것처럼 반짝이는 아름다움이 잡념을 깨끗하게 비워 버렸다.

"진짜 예쁘다."

"대박."

"와, 어떻게 저럴 수가 있지."

너무나 아름다워 감탄만 나올 뿐이었다.

누가 먼저랄 것도 없이.

털썩. 초원에 등을 붙이고 누워버렸다.

한참 동안 별을 구경했다. 이런 장관은 일루전에서도 쉽사리 볼 수 없었기 때문이다. 꽤 시간이 흐르고서야 겨우 정신을 차렸다.

"후아, 벌써 11시야."

"아, 정말?"

"어, 다들 고생했고 내일 보자."

"응, 오빠. 잘 자."

"너도."

예린이 떠나고 성민우, 이어서 무혁도 로그아웃을 했다.

한편. 마계로 이동된 부르탄은 좀비 빅 마우스 다섯 마리를 물끄러미 쳐다봤다.

-좋은 전력이다. 하지만 시간이 얼마 없다.

-알고 있다.

-바로 전투를 시작하겠다. 너희 다섯은 당장 달려라.

좀비 빅 마우스가 걸음을 옮겼다.

쿠웅. 그리곤 속도를 높였다.

쿵, 쿠웅! 스켈레톤들은 엄청난 빠르기로 질주하는 빅 마우스 다섯 마리를 쫓았다. 얼마 가지 않아 마계 몬스터를 발견했고 곧바로 놈들과 한바탕 어우러졌다.

-공격!

좀비 빅 마우스 덕분일까. 마계 몬스터를 평소보다 훨씬 쉽게 처치할 수 있었다.

-곧바로 간다.

-좋다.

하지만 이미 한 마리의 좀비 빅 마우스가 사라진 상태였다. 남은 녀석은 넷. 사라지기 전에 이득을 봐야만 했다.

-서두른다.

-알겠다.

이후로도 몇 번의 전투가 더 이어졌다. 대승이었다.

물론 좀비 빅 마우스가 사라진 이후로는 치열한 접전 끝에 결국 모두 부서져 버리고 말았지만 말이다. 그래도 평소보다 훨씬 더 많은 경험치를 쌓을 수 있었다.

초원을 누빈 지도 벌써 나흘.

"물약 몇 개 남았지?"

"난 없어."

성민우와 무혁은 모두 사용한 상태였다.

"예린이는?"

"지금 2개."

무혁의 미간이 찌푸려졌다.

2개라. 물약을 모두 사용하기 전에 과연 이 초원을 벗어날 수 있을까.

새삼스레 걱정되었지만 잡념을 애써 털어냈다.

할 수밖에 없잖아.

"조금만 더 힘내자."

"으응."

다시 물약 하나를 더 쓰고 초원을 누볐다.

빅 마우스를 처리하고, 리바이브로 살려내어 버티고, 앞으로 나아간다. 그 반복 속에서 유지 시간이 끝나 버렸다.

"마지막이야, 오빠."

"후우, 그래."

고민하던 무혁은 한숨과 함께 마지막 물약을 사용했다.

"가자."

그렇게 나아가기를 몇 분, 빅 마우스 한 마리가 보였다.

"전투준비!"

빅 마우스는 이번에도 전투를 치르는 와중에 동료를 부르기 위한 괴성을 질렀다.

키아아아아악!

조금 더 몰아붙여서 놈을 처리한 후 리바이브로 되살려내고 다른 녀석들이 나타나기를 기다렸지만 시간이 흘러도 빅 마우스는 모습을 드러내지 않았다.

"뭐야, 주변에 없나?"

"그럼 다시 앞으로 가자고."

후우우웅.

그 순간이었다. 바람이 밀려들더니 시야를 앗아버렸다.

"윽, 뭐야!"

"크읍!"

한동안 불어오던 바람이 서서히 잔잔해지고.

살며시 눈을 떠보니.

"어?"

더 이상 초원이 보이지 않았다. 대신 그들은 평범한 던전의 좁은 길목에 서 있었다.

그러나 장소의 변경보다는 다른 것이 더 눈에 들어왔다.

[초원을 클리어하셨습니다.]

[보너스 스테이지에 진입하셨습니다.]

당황스러움은 잠시.

"오빠, 이거 뭐야?"

예린의 물음에 정신을 차렸다.

"초원을 클리어하고 옮겨진 모양인데?"

"아, 정말?"

"아마도."

"음, 근데 보너스 스테이지라."

사실 무혁도 잘 모르는 부분이었다.

이런 게 있었나.

이름만으로는 긍정적이었다.

"나쁘진 않을 거 같은데?"

"그렇겠지? 보너스잖아?"

"그럼 일단 가 보자고."

셋은 동시에 걸음을 내디뎠다.

만들어진 길을 따라 걸어가니 저 멀리 거대한 철문이 나타났다. 잠깐 그 앞에 멈췄지만 이내 서로를 보며 고개를 끄덕인 후 철문에 손을 올렸다.

화아아악.

빛이 세 사람을 빨아들였다.

[보너스 스테이지(인해전술)에 입장하신 것을 환영합니다. 제한시간 동안 최대한 많은 몬스터를 처리하십시오. 그 숫자가 점수가 되어 임시 스탯 포인트로 환산됩니다. 보너스 스테이지를 시작하시겠습니까?]

[Yes/No]

임시 스탯 포인트, 그 단어에 절로 눈에 힘이 들어갔다.

진짜 보너스 스테이지였어.

환한 미소와 함께 고개를 돌렸다.

"홀로그램 보고 있……."

그런데 성민우와 예린이 보이지 않았다.

아, 이런.

아무래도 각자 다른 공간으로 떨어진 모양이었다. 혼자 사냥을 해야 함에도 무혁은 크게 걱정하지 않았다. 그보다는 홀이 넓어서 동시에 몇 마리가 나타날지 걱정될 뿐이었다.

그렇다고 마냥 시간을 허비할 순 없었기에 손을 뻗어 에스를 선택했다.

[첫 번째 웨이브가 진행됩니다.]

[남은 시간 : 600초]

거대한 홀의 정면에서 오우거가 꾸역꾸역 밀려나왔다.

크르, 크르르!

어마어마한 숫자였다. 끝도 없이 밀려 나온 오우거는 한눈에 봐도 수백 마리였으니까.

흐음.

하지만 아무리 수가 많아도 겨우 오우거에게 위협을 느낄 무혁이 아니었다.

"스켈레톤 소환."

아머메이지, 공격.

마법이 한 번씩 터질 때마다 오우거 수십 마리가 죽어버렸다. 뒤이어 아머아처와 활뼈의 뼈 화살이 녀석들을 공격했다. 결국 오우거 수백 마리는 무혁의 털끝 하나 건드리지 못한 채 녹아버렸다.

[첫 번째 웨이브를 클리어하셨습니다.]

[임시 스탯 포인트(500점)를 획득하셨습니다.]

[두 번째 웨이브가 진행됩니다.]

[남은 시간 : 547초]

생각보다 점수가 높았다.

한 마리에 1점인 건가.

생각을 길게 이어갈 순 없었다. 곧바로 두 번째 웨이브가 시작되었기 때문이다. 모습을 드러내는 몬스터를 바라보며 무혁은 자기도 모르게 고개를 끄덕였다.

역시.

오우거는 처음이었기에 쉬웠을 뿐이었다.

이제부터가 진짜인 것이다.

귀족 흡혈귀. 레벨이 120에 해당하는 고레벨 몬스터가 무혁을 향해 달려들었다.

아머기마병, 돌진. 아머나이트, 방어 모드. 아머아처, 연사.

스켈레톤들이 잘 상대하긴 했지만 귀족 흡혈귀의 수가 너무 많았다. 적어도 200마리는 되어 보였기에 스켈레톤만으로 상대했다가는 시간이 너무 오래 걸릴 것 같았다.

보너스 스테이지인만큼 시간 안에 최대한 많은 몬스터를 사냥해야만 했다. 아껴 두고 있던 스킬을 사용했다.

"리바이브."

떠오른 홀로그램을 서둘러 확인했다.

[주변을 떠도는 몬스터의 영혼(531마리)을 발견했습니다.]

무혁은 현재 남은 MP를 확인했다.

가능은 하네.

그렇다면 망설일 건 없었다.

531마리, 전부.

[기존 몬스터의 신체를 사용하시겠습니까?]

[Yes/No]

예스를 누르자 MP가 빠져나갔다.

"익스체인지."

HP의 일부를 MP로 바꾸고 곧바로 스킬을 사용했다.

"근력증가, 체력증가, 약화."

아군에겐 버프를, 적군에겐 저주를.

이후 펼쳐지는 전투를 바라보며 흐뭇하게 웃었다.

키아아아악!

누가 보더라도 일방적이었기 때문이다.

압살, 그 자체. 악착같이 버티던 마지막 남은 귀족 흡혈귀를 처리하자 또다시 홀로그램이 떠올랐다.

[임시 스탯 포인트(800점)를 획득하셨습니다.]

[임시 스탯 포인트의 총합은 1,300입니다.]

[세 번째 웨이브가 진행됩니다.]

[남은 시간 : 309초]

5분 정도가 남은 상황. 나타난 몬스터는 130레벨의 인간형 몬스터, 투귀였다.

으음.

꽤나 까다로운 녀석이었다.

아낄 필요가 없지.

찌푸리던 미간을 편 무혁이 다시 리바이브를 사용했다.

[주변을 떠도는 몬스터의 영혼(169마리)을 발견했습니다.]

169마리 전부를 택했고, 좀비 귀족 흡혈귀가 모습을 드러냈다. 총 180여 마리, 여기에 좀비 오우거 380여 마리, 그리고 스켈레톤까지.

키아아아악!

그 많은 녀석이 150마리의 투귀와 부딪혔다. 투귀를 밀어붙이는 형국이었지만 무혁의 표정은 밝지 않았다. 놈들의 스킬을 떠올리는 순간 막막한 기분이 들었던 탓이다.

보통의 몬스터는 공격에 특화된 스킬을 지니고 있는데 투귀는 그것과는 조금 다른 스킬을 지니고 있었다.

고민은 길지 않았다. 결국 방법은 하나였으니까.

사용하기 전에 최대한 많이 죽인다.

곧바로 스켈레톤을 지휘했다.

메이지, 마법 공격. 아머아처, 연사.

뻗어 나간 마법들이 뒤쪽에 있는 투귀에게 내리꽂혔다.

콰아아앙!

폭발이 가라앉고 참상이 드러났다. 생각보다 더 많은 투귀가 바닥에 쓰러져 꿈틀거리고 있었다. 앞에서는 좀비 오우거와 좀비 귀족 흡혈귀, 그리고 아머기마병과 아머나이트가 압박을 가했다. 연신 밀리던 그때, 드디어 투귀들도 스킬을 사용하기 시작했다.

키아아아아악!

거친 소리가 고막을 때림과 동시에.

[투귀의 함성이 공간을 짓누릅니다.]

[투귀 전체의 방어력이 미미하게 상승합니다.]

홀로그램이 시야의 하단에 떠올랐다.

메시지는 끊임이 없었다.

[투귀의 함성이 공간을 짓누릅니다.]

[투귀의 공격력이 미미하게 상승합니다.]

[투귀의 공격 속도가 미미하게 ……]

함성을 들은 투귀들 전부가 능력이 상승했다.

100마리가 넘는 투귀가 함성을 지른 덕분에 각종 버프가 중첩되면서 투귀의 몸집이 족히 3배 이상은 더 커졌다.

반대로 좀비 오우거와 좀비 귀족 흡혈귀, 그리고 스켈레톤의 움직임은 절반 수준으로 떨어졌다.

[투귀의 함성이 어깨를 짓누릅니다.]

[아군의 이동 속도가 미미하게 하락합니다.]

[아군의 방어력이 미미하게…….]

함성에 깃든 피어로 인해 디버프 효과를 얻은 탓이었다. 무혁이 몸을 움직이며 어마어마한 수준의 디버프를 체감하고 있을 때 투귀 한 마리가 움직였다.

스팟.

엄청난 속도로 달려 나온 투귀가 주먹을 내질렀다.

콰아아앙!

폭발과 함께 좀비 오우거 세 마리가 사라졌다.

"미친……."

함성의 영향이 너무 컸다.

"근력증가, 체력증가, 약화!"

서둘러 아군에게 버프를 걸고 투귀에겐 저주를 걸었다.

하지만 이것만으로는 부족했다.

"리바이브."

서둘러 초반에 죽인 투귀를 되살려 냈다.

좀비 투귀, 함성!

그리고 투귀의 스킬을 사용했다.

[투귀의 함성이 공간을 짓누릅니다.]

…….

[투귀의 함성이 어깨를 짓누릅니다.]

…….

본래의 60프로에 해당하는 효과를 지녔지만 중첩이 되기에 그 효과가 상당했다. 물론 그래도 투귀의 숫자가 너무 많아서 중첩에서 차이가 났다. 여전히 녀석들에게 밀리는 상황이었지만 10마리를 내주고 한 마리 정도는 잡을 수 있었으니 상관없었다.

"리바이브."

투귀가 죽어갈 때마다 무혁은 리바이브를 사용하여 좀비로 되살렸다. 함성을 사용하게 만들어 아군에게는 버프를, 적군에게는 디버프를 중첩으로 걸었다. 아주 조금씩이지만 투귀 녀석들과의 전투가 비등해지기 시작했다.

스윽.

수시로 화살을 날리면서 피해도 입혔다.

"익스체인지."

남은 HP의 일부를 사용하여 MP를 회복하기도 했다.

HP만 너무 줄이면 위험해.

그 부분은 확실하게 인지하고 있었기에 자연스럽게 차오르는 HP와 MP를 수시로 확인하면서 비율을 조절했다.

하지만 그 탓에 남은 시간이 얼마 되지 않았다.

투귀까지가 한계인가.

[남은 시간 : 147초]

현재 남은 투귀는 대략 60마리, 놈들만이라도 확실하게 처리하기로 했다.

윈드 스텝으로 왼쪽 끄트머리에 있는 투귀에게 접근했다. 버프로 인해서 몸집이 커진 상태였지만 결국 인간형 몬스터일 뿐이었다.

서걱.

무혁의 검이 놈의 무릎을 긁고 지나갔다.

크워어어어!

고통에 절규하며 휘둘러오는 투귀의 주먹을 피하며 다시 같은 부위를 검으로 그었다. 그렇게 몇 번 반복하자 무릎이 덜렁거렸고 균형을 잃은 채 놈이 쓰러졌다.

검으로 눈알을 강하게 찔러 크리티컬을 만들어냈다. 몇 번의 공격으로 한 마리를 깔끔하게 처리한 무혁이 다음 투귀를 향해 나아갔다.

"흐읍!"

대략 다섯 마리를 사냥했을 즈음.

[남은 시간 : 86초]

남은 시간을 확인한 무혁이 뒤로 물러나 전황을 살폈다.

투귀는?

시야 확보로 확인한 결과 남은 투귀는 정확하게 17마리였다. 16마리를 처리했을 때 남은 시간은 겨우 37초였다.

순간 머리가 빠르게 돌아갔다.

그게 낫겠어.

아머메이지와 메이지의 쿨타임을 확인했다. 이후 리바이브를 통해서 투귀를 좀비로 살려낸 후 남은 한 마리의 투귀를 처리했다.

[세 번째 웨이브를 클리어하셨습니다.]

[임시 스탯 포인트(1,500점)을 획득하셨습니다.]

[임시 스탯 포인트의 총합은 2,800입니다.]

[네 번째 웨이브가 진행됩니다.]

[남은 시간 : 33초]

33초를 남겨놓고 150레벨의 몬스터, 오크 라이더 30마리가 등장했다. 태생적인 한계를 벗어난 오크가 마찬가지로 한계를 뛰어넘은 괴력의 늑대를 타고 다니면서 그 시너지로 또다시 한계를 뛰어넘은 몬스터가 바로 이 오크 라이더다.

"후우."

무혁은 마지막이라 여기고 공격을 명령했다.

메이지의 마법과.

콰아아앙!

아처의 뼈 화살이 30마리의 오크 라이더를 공격했다.

텅, 터덩!

하지만 오크 라이더는 피해는 미미한 수준이었다. 방어력뿐과 HP가 아주 높은 몬스터로 유명했기 때문이다.

[남은 시간 : 26초]

과연 남은 시간 안에 한 마리라도 잡을 수 있을까.

의문을 갖는 것보다는 행동으로 옮기는 것이 더 나으리라.

좀비 오우거와 좀비 귀족 흡혈귀, 그리고 좀비 투귀까지. 놈들이 오크 라이더와 거칠게 부딪혔다.

최선의 결과를 위해 무혁도 움직였다. 덕분에 두 마리의 오크 라이더를 처리하는 것에 성공했다.

무혁은 다시 한번 리바이브를 사용했다.

오크 라이더 두 마리를 좀비로 살려낸 후 소환한 모든 스켈레톤과 살려낸 좀비를 마계로 보내 버렸다.

"후우."

보너스 스테이지가 끝나면서 살려낸 좀비가 혹시라도 사라질까 봐 서두른 것이었다.

[남은 시간 : 4초]

[남은 시간 : 1초]

그렇게 시간을 모두 소모했을 때.

[보너스 스테이지(인해전술)를 마칩니다.]
[임시 스탯 포인트의 총합은 2,900점입니다.]
[포인트를 스탯으로 변환할 수 있습니다.]
[제한시간 : 120분]

홀로그램이 떠오름과 동시에 어둠이 시야를 채웠다. 다시 시야가 돌아왔을 땐 넓은 홀에 위치한 스스로와 주변을 살피고 있는 성민우, 그리고 예린을 발견할 수 있었다.

마계로 소환된 스켈레톤과 좀비들. 스켈레톤이 대략 60마리 정도, 좀비 오우거가 대략 90마리, 좀비 귀족 흡혈귀가 대략 60마리, 좀비 투귀가 대략 40마리였다. 여기에 좀비 오크라이더 2마리를 합한다면 무려 250마리가 넘어가는 대규모 병력이었다. 그야말로 바글거리는 수준이었다.

그 힘의 여파가 잠깐 공간을 울렸다. 가장 먼저 느낀 것은 북쪽을 관리하는 마왕이었다.

"흐음?"

"왜 그러십니까."

"외곽에서 아주 작은 규모의 힘이 느껴지는군."

마왕의 옆에 있던 보좌관 서큐버스가 고개를 숙였다.

"알아보겠습니다."

"되었다."

갑자기 이 정도의 힘이 나타난 것은 수상했지만 마왕 본인에게는 한주먹거리도 되지 않는 미미한 수준이 아닌가.

이내 관심을 끊었다.

그러나 보좌관인 서큐버스는 그럴 수가 없었다. 그 어떤 사소한 것일지라도 완벽하게 파악을 해두는 것이 보좌관의 역할이었으니까.

"보고나 하도록."

"예, 서쪽의 경계 지대에서 전투가 빈번하게 일어나고 있습니다."

"흔한 일이군. 다음."

"북쪽을 이탈하려는 무리가……."

그렇게 서큐버스가 마왕에게 보고를 올리고 있을 때 부르탄은 몇 번의 경험을 토대로 좀비들을 이끄는 중이었다.

저 멀리 마계 몬스터 다섯 마리를 발견했다.

-공격!

곧이어 전투를 벌어졌다.

키에에에엑!

본래라면 다섯 마리를 잡기 위해 상당한 희생을 치러야 했겠지만 좀비의 수가 워낙에 많아서 압도적으로 짓이겨 버렸다.

-대단하다.

-놀랍다.

아머 스켈레톤들이 서로를 보며 턱을 부딪쳤다.

탁, 타다닥.

그 정도로 흥분했다는 소리이리라.

-이긴다, 우리는.

-할 수 있다, 모든 것을.

평소라면 엄두도 내지 못했을 지역까지 나아갔다. 그 과정에서 지금까지 처치했던 마계 9급 마수 수십 마리가 마주쳤지만 스켈레톤과 좀비의 발걸음을 멈추게 할 순 없었다.

그런 접전을 15분 정도 펼쳤을 즈음, 드디어 마계에서도 8급에 해당하는 마수를 발견할 수 있었다.

-강해 보인다.

-수도 많다.

-문제없다. 공격!

마수 10마리를 향해 돌진하는 스켈레톤과 좀비 무리들. 먼저 투귀의 함성이 동료들을 강하게 만들었다. 함성을 들은 8급 마수는 약해졌고. 그 상태에서 오크 라이더와 귀족 흡혈귀, 오우거와 투귀가 달려드니 아무리 대단한 8급 마수라도 버거울 수밖에 없었다.

-이길 수 있다!

부르탄의 기파가 쏘아지고. 잠시 균형을 잃은 8급 마수를 일방적으로 구타했다.

-강한 일격!

-가속 찌르기!

-파워샷!

-썬더…….

각종 스킬의 향연이 펼쳐졌다. 덕분에 8급 마수를 쓰러뜨릴 수 있었다.

-해냈다.

여기서 만족할 순 없었다. 다시 앞으로 나아갔다.

이번에는 7급 마수 일곱 마리와 전투를 치렀다.

역시 투귀의 함성이 놈들을 약하게 만들었다.

게다가 오크 라이더가 전방에서 확실한 탱커 역할을 해주니 7급 마수도 나름대로 상대할 만했다. 이대로 흘러간다면 승리가 확실시되는 그때, 좀비 오우거가 대거 사라졌다.

뒤이어 남은 오우거가 사라졌고 1분도 흐르지 않아 귀족 흡혈귀가 사라졌다. 연달아 투귀와 오크 라이더까지도.

-이런.

남은 스켈레톤들이 서로를 쳐다봤다.

-이제 어떡하지?

-별수 없다.

-다음을 기약…….

이어진 7급 마수의 스킬 공격.

퍼석.

광범위하면서도 강력한 스킬 대미지를 버티지 못한 스켈레톤들이 나뭇가지처럼 부서졌다.

한자리에 모인 세 사람은 경험을 공유했다.

"처음에는 약한 녀석들이 대거……."

"그래? 나랑은 좀 달랐네."

"넌 뭐였는데?"

"나는 몇 마리 안 나왔어. 대신 좀 강했지."

들어보니 직업에 따라서 보너스 스테이지에서 겪는 상황도 달라지는 모양이었다. 아무튼 전원 보너스 스테이지를 거친 것만은 분명했다.

"그래서 점수는?"

"나 1,400점."

"난 1,250점이야, 오빠."

생각보다 높은 점수였다.

"넌?"

"어, 난 2,900점."

무혁의 말에 성민우와 예린 모두 눈을 크게 떴다.

"허어, 2,900점?"

"우와, 역시 오빠야!"

"크, 물량빨이 최고구만."

"뭐, 부정은 못 하겠고. 그보다 포인트를 스탯으로 바꿀 수 있으니까 지금 쉬면서 바로 바꿔 버리자고."

"오케이."

포인트를 클릭해서 홀로그램을 열었다.

[2,900포인트를 스탯으로 변환하시겠습니까?]

[Yes/No]

[보너스 스탯 포인트(14개)를 획득합니다.]

무혁의 눈이 커졌다.

보너스 포인트가 14개라고? 잘못 봤나?

눈을 비볐지만 여전히 숫자는 그대로였다.

서둘러 상태창을 열어봤다.

…….

[기본 정보]

힘 : 107 / 민첩 : 83 / 체력 : 92

지식 : 45 / 지혜 68

보너스 포인트 : 14

특수 스탯이나 상세 정보는 딱히 궁금하지도 않았고, 지금은 14라는 숫자만이 시야를 채울 뿐이었다.

"허어."

정말로 14개의 포인트가 들어왔다. 이건, 대박을 넘어선 수치였다.

"우, 우와아아아!"

성민우와 예린의 탄성이 뒤이어 들렸다.

"보너스 포인트가 7개야!"

"난 6개야, 오빠!"

기쁨에 겨워하던 두 사람이 곧이어 무혁을 쳐다봤다. 무혁은 과연 몇 개나 얻었을까.

"오빠는?"

예린의 물음에 무혁이 어색하게 웃었다.

차이가 좀 나네.

물론 그게 숨겨야 할 이유가 되지는 못했다.

"어, 난 14개."

"허업……!"

성민우의 중얼거림이 들려왔다.

"미친, 완전 부익부빈익빈이구만."

"부럽냐?"

"그래, 부럽다."

"그럼 나만큼 세지면 되지."

"그건 패스. 난 지금도 만족하니까. 이걸로 뭘 올리지?"
세 사람 모두 즐겁게 웃으며 허공을 바라봤다.
각자의 상태창을 확인 중이리라.
"난 힘, 민, 체력."
"나도."
문제는 몇 개씩 올리느냐였다.
으음, 잠시 고민하던 무혁은 힘을 5개. 체력을 5개. 민첩을 4개 올렸다.

이름 : 무혁

레벨 : 150

직업 : 조폭 네크로맨서

명성 : 9,111

[칭호]

모험의 시작, 조폭 네크로맨서의 수제자, 어둠에 물들지 않은, 혼자만의 여행, 행운의 제작자, 2차 수련관 통과자, 탑을 개방한 자, 붉은 탑의 첫 정복자.

[기본 스탯]

HP : 7,575

MP : 6,140

힘 : 112 / 민첩 : 87 / 체력 : 97

지식 : 45 / 지혜 68

보너스 포인트 : 0

변화한 스탯을 보며 고개를 끄덕였다. 역시 고대 던전이라 난이도는 어려웠지만 보상은 확실했다.

"난 다 올렸어."

"나도!"

"그럼 다시 가 볼까?"

성민우의 말에 무혁이 난감한 표정을 지었다.

"어, 나 지금 스켈레톤 소환 못 하는데."

"엥? 왜?"

"마계로 다 보내 버려서."

"아, 그래? 좀 기다려야겠네?"

"어, 한 30분 정도?"

"그럼 좀 쉬지, 뭐."

"고맙다."

그렇게 다시금 자리를 잡고 앉는 순간.

[소환수가 경험치를 획득합니다.]

[소환수가 경험치…….]

메시지가 연달아 떠올랐다.

잘 잡고 있나 보네.

얼마 지나지 않아서 또다시 메시지가 나타났다.

[소환수가 경험치를 획득합니다.]×10

무혁의 눈동자가 조금 커졌다.
리바이브가 영향이 꽤 크네?
현재까지 모인 소환수 경험치가 꽤 되었다.

[현재 획득한 소환수 경험치 : 16,750]

실시간으로 경험치가 증가하고 있었다.
"허어."
절로 탄성이 나왔다.
옆에 있던 예린이 고개를 갸웃거렸다.
"오빠, 왜?"
"마계에 소환수를 보냈는데 경험치가 잘 올라서."
지금도 계속해서 메시지가 떠오르고 있었으니 오죽할까.
메시지는 대략 25분 정도가 흐를 동안 끊임없이 떠올랐다. 그 이후 거짓말처럼 딱하고 메시지가 끊겼다.
끝났나 보네.

[현재 획득한 소환수 경험치 : 56,750]

정말 무시무시한 경험치였다.
5만이면……. 무려 스탯이 5개였으니까.
리바이브의 효용성을 새삼스레 느끼며 예스를 선택했다.

[사용할 경험치를 택해주십시오.]
[소환수를 택해주십시오.]
[원하는 스탯을 선택해 주십시오.]

1만의 경험치를 선택하고 아머아처3을 골랐다.
아처였기에 뭘 올릴지 생각할 필요도 없었다.

[10,000의 경험치를 사용합니다.]
[아머아처3의 힘(1)이 상승합니다.]

이후 아머아처4, 5, 6, 7의 힘을 1개씩 올렸다.
"이제 소환 가능해."
"그래?"
"어, 다시 가 보자."
"오케이."
휴식은 충분히 취했다. 고대 던전을 클리어하기 위해 세 사람은 다시 몸을 일으켰다.

1주가 넘는 시간 동안 각종 몬스터를 사냥했다. 화산지대와 얼음지대를 지나 지금은 암석지대를 누비는 중이었다.

카가각!

무혁이 휘두른 검이 몬스터의 몸뚱이를 그었지만 불꽃만 튀길 뿐, 큰 대미지를 입히진 못했다. 상대가 바로 155레벨의 몬스터, 스톤헤드인 탓이었다. 돌멩이로 이뤄진 거대한 얼굴이었는데 단단한 정도가 상상을 초월했다. 쉽게 말해서 물리 방어력이 무식할 정도로 높다고 보면 되었다.

메이지와 정령, 그리고 성민우가 있어서 다행이었다. 아니었다면 사냥에만 엄청난 시간을 소모해야 했으리라.

다시, 마법 공격!

마법이 스톤헤드를 가격했다.

콰아아앙!

물리 공격과는 다르게 대미지가 제대로 들어갔다.

"내가 마무리할게!"

성민우가 정령과 함께 뛰어들었다.

파바밧.

정령이 자체적으로 지니고 있는 마법 대미지와 연계 공격에서 뿜어지는 대미지가 상호작용을 일으켜 스톤헤드에게 큰 피해를 입혔다. 스톤헤드 사냥에서 가장 큰 활약을 보이고 있다고 해도 과언이 아닐 정도였다.

"한 마리 처리!"

곧바로 측면에 있던 스톤헤드까지 없애 버렸다.

"두 마리!"

다람쥐와 나머지 스켈레톤도 놀지는 않았다. 성민우가 상대하는 한, 두 마리의 스톤헤드를 제외하고는 모두 포위한 상태였다.

"다 처리했어!"

"알았어."

무혁이 스켈레톤을 지휘하여 포위망에 구멍이 생기도록 만들었다. 그러자 그 구멍으로 스톤헤드 두 마리가 빠져나갔다. 직후 다시 구멍을 메웠고 성민우는 정령과 함께 빠져나온 두 마리 스톤헤드에게 달려들었다.

"다음!"

같은 방법으로 전투를 이어 나갔다.

[경험치를 획득합니다.]×2

[포인트를 획득합니다.]×2

긴 시간이 흐르고서야 모든 스톤헤드를 처리할 수 있었다.

"후아."

"이 녀석들, 더럽게 힘드네."

그래도 경험치는 많았다. 그걸 위안으로 삼을 수밖에.

"조금만 쉬고 다시 가자."

"오케이."

느낌상 고대 던전 클리어도 머지않았다. 쉬고 싶지만 박차를 가할 때였다. 다시 나아가기를 몇 분, 다수의 스톤헤드와 마주쳤다. 사투 끝에 놈들을 처리하고 나아가는데 오랜만에 보부상을 만날 수 있었다.

"꺄아아아!"

예린이 또 뛰어나갔다. 그러곤 펭귄을 안아 들었다.

"아아, 힐링되는 거 같아."

"인간, 전에도 그러더니."

"미안, 미안. 헤헤."

펭귄을 내려놓자 뒤뚱거리며 앞으로 걸어갔다.

"정말 귀찮군."

예린은 그런 펭귄을 쫓아갔다. 이윽고 무혁과 성민우의 앞에 도착한 펭귄이 고개를 들었다.

"필요한 게 있나?"

"있지."

그러자 펭귄이 보따리를 풀었다.

"전이랑은 물건이 꽤 다를 거야."

"그래?"

"아주 특별할 거야. 기대하라구, 인간."

펭귄이 그렇게 말해봤자 그리 큰 기대감은 들지 않았다. 그래도 이번 사냥터나 다음 사냥터에 필요한 것들이 있을 가능성이 높았기에 제대로 살펴볼 생각이었다.

그런 마음으로 첫 번째 물건을 들어 올리는 순간이었다.

"어……?"

무혁의 반응이 심상치 않았다. 성민우가 다가왔다.

"뭔데?"

"……."

"뭐야, 왜 말이 없어?"

쪼그려 앉은 후 성민우도 정보를 확인했다.

"흐어어어?"

그는 오히려 무혁보다 더 반응이 컸다.

"오빠들, 왜 그래?"

예린 역시 아이템 정보를 보는 순간 입을 떡하니 벌렸다. 벌어진 입은 한참 동안 다물어지지 않았다.

"어떤가, 인간들?"

"……."

"역시 놀랐나 보군."

이런저런 이야기를 하던 펭귄은 이내 혼잣말을 하고 있음을 깨달았다. 미간을 찌푸리며 날개를 퍼덕거렸다.

"인간들, 정신 차리라고!"

그제야 겨우 초점이 돌아온 세 사람이었다.

"어떠냐고!"

"어, 대, 대단해."

"역시 그렇지? 그래서, 골랐나?"

"잠깐, 잠깐만."

무혁은 아이템을 서둘러 확인했다.

[파괴력의 물약]

힘(1)이 영구적으로 증가.

[필요 포인트 : 200]

[현재 포인트 : 1,420]

[재빠름의 물약]

민첩(1)이 영구적으로…….

[강인함의 물약]

체력…….

캐릭터의 힘, 민첩, 체력을 올려주는 물약은 기본이었고.

[소환수의 물약]

지정한 소환수에게 보너스 스탯 포인트(1) 추가.

[필요 포인트 : 50]

[현재 포인트 : 1,300]

소환수의 스탯을 올리는 물약도 있었다.

"미쳤네."

업적 상점에 버금가는 수준이었다. 이 정도가 되니까 고대 던전을 클리어하는 유저가 그렇게 급성장을 하는 것이리라.

뭐가 이득이지?

소환수 보너스 포인트는 26개를 구입할 수 있고 캐릭터의 스탯은 7개를 구입할 수 있는 상황이었다.

캐릭터의 스탯의 30퍼센트만큼 소환수에게 영향을 주기 때문에 생각할 필요도 없이 스탯 구매가 훨씬 이득이었다.

본 캐릭터의 스탯 7개가 상승할 경우 소환수는 2개가 증가하게 되는데 그런 소환수가 무려 100여 마리에 달하기에 스탯의 상승치는 200여 개에 해당되는 것이다.

공격력이나 공속, 이속을 올려주는 것도 있었다.

이건 됐고.

스탯을 올리는 게 훨씬 좋았기 때문이다.

좋아, 결정.

모든 물품을 확인한 무혁이 3개를 선택했다.

"파괴력, 재빠름, 강인함의 물약 각 2개씩."

"여기 있다, 인간."

"파괴력의 물약 한 개 더."

[잔여 포인트 : 20]

곧바로 물약을 들이켰다.

힘 : 115 / 민첩 : 89 / 체력 : 100

지식 : 45 / 지혜 68

고대 던전에서 올린 스탯만 무려 21개였다.

"하하……."

절로 웃음이 새어 나왔다. 감탄밖에 나오지 않았다.

이게 151레벨 스탯이라고?

모르는 사람이 본다면 말도 안 된다고, 사기라면서 당장에라도 일루전 본사에 항의를 넣을지도 모를 일이었다. 그 정도로 압도적인 수준의 스탯이었다. 일반적으로 200레벨 초중반은 되어야 이 정도 수준까지 오를 수 있을 테니까.

그래, 난 틀리지 않아. 운동신경이 천재의 범주에 들거나 어려서부터 무술을 익힌 자들과는 궤를 달리하는 성장 방법이었고 그것이 틀리지 않았음을 토너먼트에서 입증했다.

그때도 생각했었지만 그들을 따라 뒤늦게 운동이나 무술을 배우는 건 큰 의미가 없었다. 난 나만의 길을 간다.

본 캐릭터의 스탯이 높다고는 하지만 결국 무혁은 네크로맨서가 아닌가. 근간이 되는 힘은 소환수로부터 나오는 것이다. 그렇기에 고대 던전에서 얻은 21개의 스탯이 그에겐 더욱 의미가 있는 것이고.

이대로만 가자.

앞으로도 계속 정보를 토대로 앞서나가리라. 훗날 최상위 랭커와 다시 붙게 되더라도 이길 수 있도록 말이다.

"후우."

상태창을 끄고 옆을 돌아봤다.

성민우와 예린. 두 사람은 아직 물약을 고르는 중이었다.

“으으, 미치겠다. 뭘 고르지?”

“음, 으음.”

두 사람의 모습에 무혁이 피식하고 웃었다.

“뭘 그렇게 고민하고 있어? 그냥 필요한 거 골라.”

“그게 힘드니까 그렇지!”

“아, 몰라. 난 이거!”

예린이 먼저 골랐고 성민우가 따라서 물약을 선택했다.

“에이, 그럼 난 이거 전부!”

“알겠다, 인간.”

예린과 성민우에게 물약을 건넨 펭귄이 날개를 퍼덕거리며 보따리를 싸기 시작했다. 그 모습이 퍽이나 귀여웠다.

“다 산 거 같으니 난 이만 가겠다, 인간들.”

“잘 가라고.”

펭귄이 뒤뚱거리며 멀어졌고 성민우는 이내 미간을 찌푸리며 자책했다.

“이런 멍청이!”

“왜?”

“파괴력의 물약만 사버렸어!”

“네가 고른 거잖아.”

“아깐 너무 흥분해서…….”

“뭐, 됐어. 어차피 보너스 느낌이니까.”

성민우가 한숨과 함께 고개를 끄덕였다.

"그래, 뭐. 괜찮겠지. 대미지는 언제나 아쉬우니까."

반대로 예린은 적절하게 잘 구매한 편이었지만 눈동자가 꽤 흐리멍덩한 상태였다.

"예린아? 괜찮아?"

"응? 아, 으응. 근데, 오빠. 난 아직도 잘 안 믿겨."

"뭐가?"

"지금까지 일루전을 즐기면서도 처음이라구."

"나도 그래. 좀 많이 놀랍기는 한데. 그래도 이 정도는 되어야 고대 던전을 찾아다니는 재미가 있지 않겠어? 게다가 고대 던전은 우리가 최초잖아."

"그건 그렇지만."

무혁이 예린의 머리를 쓰다듬었다.

"좋은 건 좋게 생각하자고."

"으응."

얼굴이 붉어진 예린이 고개를 숙였다.

그 모습이 또 귀여웠다, 당장 끌어안고 싶을 정도로.

이내 잡념을 털어내며 앞을 바라봤다.

"그럼 다시 가야지."

아직 고대 던전은 끝나지 않았다.

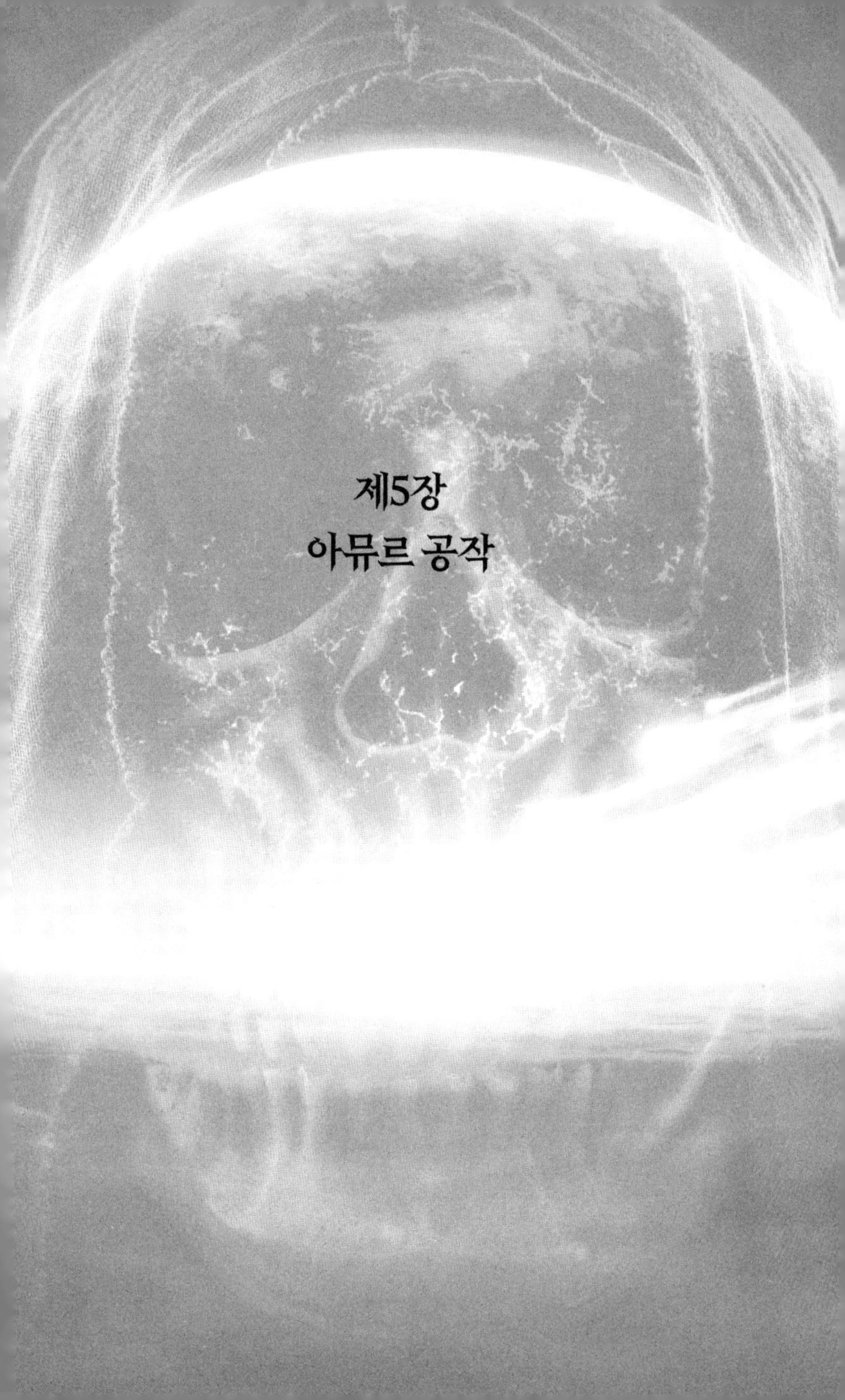

제5장

아뮤르 공작

2일에 걸쳐 스톤헤드를 사냥했다. 이후 다른 공간으로 이동되었고 그곳에서는 더 까다로운 몬스터를 상대해야 했다.

녀석들과의 전투가 이어지는 5일간 세 사람은 지친 와중에도 서로를 의지하며 기운을 냈다.

그리고 오늘. 길의 끝이라 여긴 곳을 지나치는 순간 거짓말처럼 주변 공간이 바뀌었다. 세 사람은 길고도 긴 복도에 발을 딛게 되었다.

"어, 저기."

악마 형상의 문. 이 음침한 분위기가 말해주고 있었다.

긴장하라고. 심상치 않은 일이 벌어질 거라고 말이다.

"후우, 저기선 또 어떤 괴물이 나타나려나."

투덜거리며 걸음을 옮겼다.

저벅.

그리고 악마 형상의 문을 밀어냈다.

끼이이익.

거친 쇳소리가 울리고 넓은 홀이 나타났다.

"흐음?"

차가운 공기가 피부를 때렸다. 아니, 그건 둘째 치고 너무 조용했다. 시야는 어둡지 않았다. 몇 걸음 나아가서 사방을 훑어봤다. 공간이 넓기는 했지만 한눈에 보이는 수준이었다. 그런데 어디를 봐도 몬스터는 없었다.

"뭐야, 아무것도 없잖아."

조금 더 살펴보던 무혁이 앞으로 향했다.

성민우와 예린이 뒤를 따랐다.

"흐음, 빈 공간인가?"

"그냥 지나가라는 건가? 아니면 휴식?"

"보너스 스테이지처럼 특별한 공간일지도 모르고."

대화를 나누다 보니 어느새 중앙이었다.

"어? 여기 구멍이 있는데?"

"구멍?"

성민우의 말에 고개를 돌렸다.

정말로 작은 구멍이 있었다.

앉아서 구멍을 살펴봤지만 아무것도 보이지 않았다.

"파이어 좀."

"오케이."

정령, 파이어가 나타나 시야를 밝혔다. 그제야 구멍의 입구

쪽에 있는 작은 버튼이 보였다.
세 사람은 서로를 쳐다보며 의견을 나눴다.
"누르라고 있는 게 아닐까?"
"함정이면 어쩌려고."
성민우와 예린의 의견이 갈렸다. 선택은 무혁의 몫이었다.
"으음."
잠시 침음을 삼키던 무혁이 고개를 들었다.
"눌러보자. 그런 재미로 게임하는 거지, 뭐."
그에 두 사람 모두 고개를 끄덕였다. 파티의 리더가 무혁임을 은연중에 인정하고 있었기 때문이었다.
"누른다, 그럼."
"어, 잠깐만. 소환 좀 하고."
성민우와 예린은 만약을 대비해서 정령과 다람쥐를 소환했다. 무혁도 스켈레톤을 전부 소환한 후 버튼을 눌렀다.
그르르릉.
무언가 작동하는 소리가 들리더니 구멍에서 기둥이 솟아났다. 기둥의 위의 작은 상자가 어깨 높이에서 멈췄다.
"상자?"
딸칵.
의문 섞인 말을 내뱉는 순간 상자의 뚜껑이 열렸다.
거기에는 자그마한 단약 세 개가 놓여 있었다.
"이거 설마 보상 아냐?"
"오빠, 갑자기 무슨 보상이야."

"왜? 가능하잖아, 클리어 보상!"

"아……!"

둘의 대화에 무혁이 씁쓸하게 웃었다. 고대 던전을 클리어하기 위해서 반드시 거쳐야만 하는 과정이 있었기 때문이다.

가장 힘든 과정이지. 그러니까 클리어 보상은 아닌데. 그럼 도대체 저 상자는 뭐지? 또 보너스 스테이지같은 느낌인가? 그럼 메시지라도 떠야…….

그런 생각을 하고 있는데 성민우가 흥분에 겨워 상자를 들어 올렸다.

"클리어 보상이면 습득하면 끝나는 거잖아!"

직후 강한 진동이 느껴지더니 거대한 무언가가 하늘 위에서 툭 떨어졌다.

"뭐, 뭐야!"

수라 형상의 거대한 석상이었다. 보는 순간 깨달았다.

"보스 몬스터……!"

고대 던전을 클리어하기 위한 마지막 단계임을 말이다.

석상의 키는 대략 4미터.

돌 검을 양손에 각각 지니고 있었는데 일그러진 표정과 은은하게 피어오르는 위압감이 공간을 짓누르고 있었다.

"보, 보스 몬스터라고?"

"어, 아마도."

"미친……!"

무혁과 성민우가 대화를 나누자 소리에 반응하는지 석상이 고개를 틀었다. 후두둑 떨어진 돌멩이 조각이 바닥을 굴렀으나 거기에 시선을 줄 여력은 없었다.

녀석과 눈이 마주치는 순간 강력한 위기감을 느꼈기 때문이다. 성민우와 무혁은 지면을 박차며 좌우로 몸을 날렸다.

콰아아앙!

두 사람이 있던 자리로 돌검 한 자루가 내리꽂혔다.

몸을 일으키며 무혁은 안도를 성민우는 기겁을 했다.

"젠자아아앙!"

석상이 성민우를 쫓아갔기 때문이었다. 어느새 코앞까지 도달한 돌검에 놀란 성민우가 바닥에 넙죽 엎드렸다.

위를 스치고 지나가는 풍압에 머리카락이 휘날렸다.

곧바로 옆으로 빙그르르 굴렀다.

쿵, 쿠우웅!

돌 검이 엄청난 파괴력으로 연속해서 꽂혔다.

"나, 나 좀 살려 달라고오오!"

이미 무혁과 예린이 소환수를 지휘하고 있었다.

작아서 움직이기 편한 다람쥐들이 먼저 석상에게 도달했다. 다람쥐는 석상을 타고 오르더니 곳곳에 자리를 잡은 채 앞발을 휘두르거나 이빨로 깨물거나, 꼬리로 공격을 시도했다. 대미지는 거의 주지 못했지만 신경을 분산시키기엔 충분했다.

그르르릉.

석상이 몸을 털어냈다.

잠깐의 틈. 그 사이 성민우가 석상과 거리를 벌렸다.

"후아! 진짜로 죽을 뻔했어, 진짜로!"

"위험해 보이긴 하더라."

"그 정도 수준이 아니었다고!"

아무리 가상이라곤 해도 저런 무지막지한 녀석의 공격에는 공포를 느낄 수밖에 없었다. 곧이어 게임이라는 자각과 함께 투쟁심이 타올랐다.

"으으, 나만 당할 순 없지!"

정령과 함께 석상에게 돌진하는 성민우였다.

파바밧.

무혁은 스켈레톤을 지휘하면서 화살 한 대를 걸었다. 성민우의 공격에 반응한 석상이 검을 드는 순간 시위를 놓았다.

화살이 검을 때린 덕분에 궤도가 틀어졌다. 덕분에 여유롭게 공격을 피한 성민우가 가까이 접근해서 정령과 함께 연계 스킬을 넣었다.

"으랴하아앗!"

문제는 대미지가 거의 먹히지 않는다는 점이었다.

"방어력이 왜 이래!"

그 순간 검이 정령 한 마리를 가격했다. 그리고 단 한 방에 역소환을 당해 버렸다. 그에 놀란 성민우가 거리를 벌렸고 무혁은 석상이 성민우를 쫓지 못하게 만들기 위해서 메이지에게 마법 공격을 명령했다.

콰아아앙!

마법 역시 대미지가 거의 없었던 모양이었다. 멀쩡한 모습으로 폭발을 꿰뚫고 나와서는 쏜살같은 몸놀림으로 사방을 초토화시켰다. 근처에 자리 잡고 있던 스켈레톤이 우후죽순무너졌다.

압도적이었다. 미간이 찌푸려졌다.

이거, 승산이 있나?

죽이라고 만든 보스인지도 의심이 갈 정도였다.

"너무하잖아, 이건."

성민우가 옆으로 다가왔다. 예린도 마찬가지였다.

"어떻게, 방법이 있겠냐?"

"으음."

무혁도 쉽게 대답할 수가 없었다.

퍼석.

지금 이 순간에도 스켈레톤이 허무하게 부서지고 있었으니까.

[아머나이트2가 역소환되었습니다.]

아머나이트가 방어에 전념해도 석상의 공격 세 번을 막아내지 못했다. 시간이 흐른다면 절대 이길 수 없으리라.

"솔직하게?"

"어, 솔직하게."

"힘들 거 같은데."

"하아, 그치? 저런 괴물을 도대체 어떻게 잡으라는 거야!"

"뭐, 그래도 보상은 많이 받았으니까."

"하긴. 그 정도면 충분하지. 클리어 보상이 아쉽긴 하지만."

투덜거리는 그때.

우뚝.

공격에 집중하던 석상이 갑자기 멈춰 버렸다. 순간적으로 지휘를 한 덕분에 스켈레톤들이 석상을 공격했지만 대미지가 1도 들어가지 않았다.

뭐야?

그때 석상이 움직이면서 자연스럽게 바닥으로 떨어졌던 돌멩이들이 꿈틀거리기 시작했다. 가만히 바라보고 있으니 작은 돌멩이가 순식간에 커지더니 석상의 형상을 이뤘다.

물론 압도적인 힘을 자랑하는 기존의 석상보다 훨씬 작았다. 검도 한 자루였고 키는 대략 1.5미터 수준이었다.

다만 숫자가 많았다. 얼추 봐도 50기는 되어 보였다.

"아, 이건 정말……."

성민우와 예린이 암담한 기분을 느낄 때, 반대로 무혁은 승리의 희망을 발견했다.

아머아처, 파워샷. 윈드 스텝, 풍폭.

그 희망을 키우기 위해서 무혁은 직접 움직였다. 뼈 화살에 가격당한 미니 석상에게 접근해 검을 찔러 넣었다.

카가각!

꽤 큰 반동과 함께 석상의 가슴에 부서졌다.

좋아, 이건 가능해!

연달아 검을 그었다.

퍼석.
덕분에 한 기의 석상을 부서뜨릴 수 있었다.

[경험치가 상승합니다.]

기쁨은 잠시. 지금은 움직이지 않고 있는 보스 몬스터를 상대하기 위한 준비를 할 때였다.
낮은 목소리로 읊조렸다.
"리바이브."
그렇게 석상 한 마리를 되살려냈다. 아군이 될 남은 49마리의 석상을 바라보며 무혁은 다시금 지면을 찼다.
순식간에 미니 석상 절반 정도를 부서뜨렸다.

[주변을 떠도는 몬스터의 영혼(6마리)을 발견했습니다.]
[기존 몬스터의 신체를 사용하시겠습니까?]
[Yes/No]

현재 MP는 여유로운 상태, 전부를 택했다.
예스를 누르자 부서졌던 미니 석상의 신체가 원래대로 돌아왔다. 일종의 좀비 미니 석상이 탄생한 것이다.
이걸로 17마리. 남은 미니 석상을 상대하기엔 부족함이 없었다. 아니, 오히려 여유로울 정도였다. 무혁과 스켈레톤까지 합해버리면 전력이 압도적인 수준이었기 때문이다.

"무혁아."

"어?"

"우린 뭐 하냐?"

"아, 거대 석상은 여기 미니 석상으로 상대할 거니까 쉬고 있어. 상대하다가 미니 석상이 다 부서지면 그때 도와주고."

"그거면 되겠냐?"

"물론."

"오케이."

예린이 걱정스레 쳐다봤다.

"오빠, 힘들면 바로 말해."

"알겠어."

그녀의 머리를 다시 쓰다듬어 준 후 전투에 집중했다.

리바이브 스킬이 없었더라면 상황이 아주 힘들었으리라.

미니 석상 하나를 제대로 상대하려면 아머나이트 두 마리는 있어야 했기 때문이다.

하지만 리바이브가 있기에 소수의 미니 석상을 집중적으로 노려 살려 버리면 그것이 곧 아군 전력의 상승으로 이어지기에 그리 힘들지 않았다.

아머아처, 파워샷. 부르탄, 기파.

적절한 지휘와 스킬의 사용으로 미니 석상 50기를 쓰러뜨리고 전투 중에 죽어버린 녀석을 제외한 나머지 36기를 전부 아군으로 재탄생시켰을 때, 구르르릉. 보스 몬스터, 거대 석상이 다시 움직였다.

"네가 만든 녀석한테 당해봐라!"

무혁의 지위에 맞춰 미니 석상이 먼저 놈에게 다가갔다.

"근력증가, 체력증가, 약화!"

36기의 미니 석상이 조금 더 빨라지면서 순식간에 거대석상을 포위해 버렸다.

마치 골리앗을 둘러싼 다윗의 모습이랄까. 문제라면 골리앗의 공격력과 방어력이 압도적이라는 사실이겠지만 말이다. 마침 거대 석상이 돌 검을 휘둘러왔다.

쿠우우웅!

약화로 인해 그나마 느려졌지만 여전히 빠른 속도였다. 미니 석상 1기가 그 공격에 맞았지만 부서지지 않았다.

좋아!

공격을 한 번은 버텨낸 것이다.

약화 덕분인가.

아무튼 한 번에 부서지지 않는다면 활용하기에 충분했다.

혹시 두 번도?

퍼석.

같은 녀석이 마침 공격을 당했는데 부서져 버렸다.

두 번은 아니지만……. 이 정도면 충분했다.

아직 35기의 미니 석상이 남아 있었고 무엇보다도 거대 석상이 만들어낸 녀석이었기에 아깝지도 않았다. 그 마음에서 우러나온 지휘가 무혁을 과감하게 만들었다.

조금 더 들어가!

끈질기게 달라붙으면서 아주 작은 피해라도 입히기 위해서 애썼다.

순식간에 미니 석상 15기가 사라졌지만, 덕분에 거대 석상의 다리 일부에 흠집을 낼 수 있었다.

"오오오!"

뒤에서 지켜보던 성민우도 놀랐는지 탄성을 내뱉었다.

무혁은 피식하고 웃으며 다시 지휘에 집중했다.

나머지 미니 석상 전부를 희생하여 조금 더 큰 상처를 입힐 수 있었다.

무혁은 놈을 직시하며 외쳤다.

"도와줘!"

"오케이!"

"알겠어, 오빠!"

충분히 쉬고 있던 성민우와 예린이 나섰고 무혁은 스켈레톤을 뒤로 빼버렸다. 또 미니 석상이 나올 경우를 대비해야 했기 때문이다. 그렇다고 구경만 할 생각은 없었다. 이곳에서 공격력이 가장 높은 게 무혁 본인이었으니까.

쏘아진 화살이 석상의 팔에 막혔다.

카가각!

떨어지는 돌조각을 바라보며 다시 시위에 화살을 걸었다.

쿠우우웅!

꽤 타격이 있었는지 거대 석상이 돌 검을 연달아 휘둘렀다. 놈을 포위하고 있던 다람쥐 몇 마리와 정령 한 마리가 허무하게 사라졌다.

"이런, 개……!"

성민우가 욕을 내뱉으며 달려들었다. 날아오는 돌 검을 아슬아슬하게 피해내며 정령과 연계 공격을 펼쳤다.

쾅, 콰과과과광!

현란했지만 피해는 크지 않은 모양이었다. 석상이 성민우를 직시하며 돌 검을 내려찍은 것이다. 공격에 집중하던 탓에 미처 피하지 못해 등을 내주고 말았다.

"크업!"

바닥에 넙죽 엎드리게 된 성민우가 몸을 옆으로 굴렀다.

"미, 미친."

HP가 엄청나게 깎여 나갔다. 정령을 희생시키며 겨우 몸을 일으켰지만 또 다른 돌 검이 물러나려는 성민우에게 짓쳐들었다.

하, 시바알.

이대로 당하는 건가, 싶은 그때. 어디선가 불어온 바람이 성민우를 스쳐 갔다.

카가가각!

날아오던 돌 검에 부딪힌 바람이 형체를 만들어냈다. 윈드 스텝을 사용한 무혁이었다. 엄청난 속도로 다가와 스킬까지 사용했음에도 불구하고 겨우 돌 검을 막아내는 게 전부였다.

"뒤로 빠져."

"어, 어어."

성민우가 물러난 것을 확인한 무혁이 순간적으로 강하게 돌

검을 밀어냈다. 곧바로 뒤로 물러났다.

석상이 다급히 쫓아왔지만 정령들이 가로막았다.

"땡큐."

"내가 더 고맙지."

그렇게 얼마간의 전투가 이어지고.

쿠우웅.

또다시 놈이 멈췄다.

같은 상황의 연속이었다. 거대 석상을 상대하다가 멈추는 순간 나타나는 미니 석상을 처리했다. 죽어버린 놈들을 되살린 후 움직이기 시작하는 거대 석상을 견제했다.

"몇 번째냐……."

"글쎄."

"오빠, 아홉 번째야."

무려 아홉 번의 반복된 전투. 이미 1시간은 훌쩍 넘어버린 것 같았지만 앞으로가 더 문제였다.

거대 석상의 곳곳이 상처로 인해 뒤틀린 상태였음에도 불구하고 여전히 강맹했고 방어력은 터무니없이 높았다.

앞으로 얼마나 전투를 이어가야 할지 감이 잡히지 않았다.

"힘들다……."

정신적으로 지쳐갔다.

"도대체 언제 죽는 거야!"

당장 쓰러져도 이상할 게 없었다. 거대 석상이 아니라, 놈과 싸우는 이들 세 사람이 말이다.

남은 건 독기뿐이었다.

여기까지 와서 진다고? 이대로 끝난다고?

너무나 허망할 것 같았다.

"젠자아아앙!"

그래서 악을 쓰며 달려들었다. HP 물약, MP 물약도 아끼지 않았다.

"너희도 마셔."

예린과 성민우도 그 덕을 많이 봤다.

이제 몇 개 남지도 않았는데.

그전에 놈을 쓰러뜨릴 수 있기를 바라면서 화살을 날렸다.

메이지, 마법!

스켈레톤 역시 한참 전부터 전투에 참여했다. 좀비 미니 석상만으로는 승부를 볼 수 없을 것 같았기 때문이었다.

아머아처, 파워샷!

좀 쓰러져라!

속으로 외쳤지만.

쿠르르릉.

놈은 또다시 멈춰 버릴 뿐이었다.

"시파아아알!"

나타난 미니 석상을 제압해 되살려냈다. 그러자 거대 석상이 다시 움직였고 세 사람은 심신이 모두 지쳐 버린 상태에서 놈을 상대했다.

돌 검이 날아들었다.

"아……."

눈에 보이지만 피할 기력이 없었다.

퍼억.

맞고 날아간 성민우가 고개를 털며 몸을 일으켰다.

"으으, 더럽게 세네."

뒤이어 예린이 구석으로 튕겨 나갔다. 그나마 다행이라면 좀비 미니 석상과 스켈레톤, 정령, 다람쥐는 지치는 기색 없이 움직이고 있다는 점이랄까.

물론 제대로 된 대미지를 주기엔 무리가 있었다.

결국 놈에게 가장 큰 타격을 주는 건 무혁이었다. 그렇기에 쉬고 싶다는 간절한 생각조차 뿌리친 채 윈드 스텝을 활용하며 놈을 공격했다.

카각, 카가가강!

어……?

공격하던 무혁이 이상한 낌새를 눈치챘다.

놈의 몸이 조금 붉어진 것이다.

계속…… 붉어진다?

조금 더 진해졌다. 이대로 끝을 내야 한다는 생각과 피해야 한다는 본능이 동시에 피어올랐다.

선택은 순간이었다.

파바밧.

빠르게 뒤로 물러났다.

이성적인 생각을 본능이 집어삼킨 것이다.

그 정도로 위험한 무언가를 느꼈다.

두근, 두근.

당장에라도 심장이 터질 것만 같은 그런 감각.

뭐지? 왜?

순간 무언가가 뇌리를 스치고 갔다.

설마, 스킬……!

무의식적으로 방패를 꺼내어 들었다.

그리고 보았다, 석상의 붉어진 몸이 터져 나가는 것을.

마치 느려진 세상을 걷는 것처럼 그 과정이 명확하게 들어왔다. 터지는 순간 뿜어진 화력이 주변을 집어삼켰고 좀비 미니 석상은 물론, 스켈레톤과 정령, 다람쥐까지 단번에 녹여버렸다.

그 화력이 다가온다.

마치 빛을 삼켜 버리는 어둠처럼.

보였지만 움직일 수 없었다.

피할 수도 없었다.

할 수 있는 것은 들어 올린 방패에 최대한 몸을 욱여넣는 것뿐이었다.

몸이 붕 하고 떠 있는 느낌이었다. 아득하다고 해야 할까.

끝이 보이지 않을 것만 같은 어둠이 흔들림에 깨어졌다.

"……빠, 오빠!"

"으음……."

미간을 찌푸리자 목소리가 제대로 들려왔다.

"오빠, 괜찮아? 정신이 들어?"

눈을 뜨니 예린의 얼굴이 보였다.

어떻게……?

쓰러지기 직전의 상황이 떠올랐다. 벌떡 몸을 일으킨 무혁이 주변을 둘러봤다. 성민우와 예린, 무혁 본인을 제외하고는 아무것도 없었다.

"뭐야? 어떻게 된 거야?"

"마지막에 터졌잖아, 그 거대 석상."

"터졌다고?"

"어, 나하고 예린이는 그전에 멀리 날아가서 피해가 거의 없었는데 넌……."

"아아."

무혁은 상황을 이해하고는 HP를 확인해 봤다.

허업.

남은 HP가 겨우 91이었다.

"얼마나 이러고 있었지, 내가?"

"얼마 안 됐어. 폭발에 휩쓸린 거 보고 얼른 일어나서 왔거든. 그리고 예린이 흔들어서 깨운 거고."

"그, 그래?"

"어, 왜?"

"HP가 90밖에 안 남아서."

"허얼, 진짜?"

"어."

"대박이네. 폭발이 조금만 더 강했어도 죽었겠다."

"내 HP나 방어력이 낮았어도 죽었겠지."

무혁이 천천히 일어났다.

멍청하기는.

이겼으니 망정이니, 아니었다면 평생을 후회할 뻔했다.

스킬은 생각도 못 하고 있었어.

사실 무의식적으로 미니 석상을 소환하는 게 스킬이라고 여겨 버렸다. 그런데 아니었다. 놈은 죽음에 다다르는 순간 자폭해 버리는 스킬이 있었던 것이다.

한 번밖에 사용하지 못하지만 그래서 더욱 강력한 파괴력을 지닌 스킬.

놈을 쓰러뜨리는 것도 힘든데 자폭까지? 정말 통과하라고 만든 건지…….

그런데 놀랍게도 통과를 해버렸다. 세 사람이서 말이다.

기적인가.

무혁은 고개를 털어냈다.

아니, 체력 스탯이 한두 개만 부족했어도 죽었을 것이다.

칭호 하나만 없었어도 죽음을 피하지 못했을 거고.

아이템의 성능이 조금만 낮았어도 마찬가지였으리라.

이건 기적이 아니다. 지금까지 쌓은 것들이 결과로 나타난 것일 뿐이었다. 고대 던전을, 클리어한 것이다.

내 실력으로 해낸 거야.

"괜찮냐?"

"아, 어어. 괜찮아."

무혁이 웃으며 말을 이어갔다.

"가자. 여기 지긋지긋하잖아. 이제 벗어나야지."

그 말에 성민우와 예린의 표정이 밝아졌다.

"그래, 클리어한 거겠지?"

"아마도."

"으으, 드디어……!"

"오빠, 어서 가자!"

함께 넓은 홀을 빠져나갔다. 복도를 지나자 일렁거리는 차원의 문을 발견할 수 있었다. 성민우가 손을 살짝 뻗으며 좌우에 있는 두 사람을 쳐다봤다.

"만진다?"

문득 떠오른 생각에 무혁이 성민우를 제지했다.

"아, 잠깐만."

"왜?"

"그 상자는 챙겼냐?"

성민우가 씨익 하고 웃었다.

"오브콜스."

"나가서 확인하면 되겠네."

"좋지. 그보다 만진다?"

"그래."

성민우의 손이 차원의 문에 닿았다.

빛이 그들을 삼켰다. 시야가 확보된 무혁은 떠오른 홀로그램을 지우고 주변부터 살폈다. 혹시라도 누군가 고대 던전을 발견하여 포위하고 있다면 상황이 난감해지기 때문이었다.

다행스럽게도 유저는 보이지 않았다.

"크, 나겔의 사냥터네."

"어."

이곳에서 탐색 퀘스트를 수행하던 도중에 성민우가 던전을 발견했다면서 호들갑을 떨었었다. 그 당시에는 설마 고대 던전일 거라고는 상상 못 했었지만 말이다.

아무튼 그 고대 던전을 결국 클리어해 버리고 말았다.

"으아아아, 진짜 끝났다! 그리고…… 대박!"

"어, 엄청 나……."

무혁의 시선이 두 사람에게로 돌아갔다.

그렇게도 좋나?

청량한 공기, 푸른 나무들, 좋긴 좋았다. 갑갑함이 모두 가시는 기분이었으니까.

"나도 좋다."

"무, 무슨 반응이 그래?"

"어? 뭐가?"

"너 홀로그램 확인한 거 맞지?"

"아니?"

"미친. 어서 확인해 봐!"

[고대 던전을 클리어했습니다.]

[칭호 '역경을 뛰어넘는 자'를 획득합니다.]

[명성(3,000)을 획득합니다.]

[극대량의 경험치를 획득합니다.]

[레벨이 상승합니다.]×2

[고대 던전 클리어 순위에 이름을 공개할 수 있습니다. 공개할 경우 명성이 추가로 증가하며 NPC들이 당신을 알아볼 확률이 증가합니다. 높은 순위를 기록할 경우 특별한 보상을 얻을 수 있습니다. 일정 기간 동안 순위를 유지할 경우에도 보상을 획득할 수 있습니다. 클리어 순위에 이름을 공개하시겠습니까?]

[Yes/No]

[역경을 뛰어넘는 자]

인생을 살아감에 있어서 역경이란 피할 수 없는 것. 하지만 누구나 그 역경을 넘어서지는 못한다. 대다수가 그 앞에서 좌절하지만 극히 소수는 역경을 넘어 더 높은 곳으로 올라가고는 한다.

-모든 능력치(3퍼센트) 증가.

엄청난 보상이었다. 칭호에 붙은 모든 능력치 증가.

"3, 3퍼센트……!"

무려 3퍼센트였다. 스탯이 100이면 3이 추가로 상승하게 되는 어마어마한 옵션이었다. 이 옵션은 시간이 지날수록 그 효과가 극대화된다. 스탯이 200이 되면 무려 6이 증가하게 되니까.

300이면 9가 되는 거지.

물론 어느 세월에 스탯을 300이나 찍겠냐마는. 그럼에도 불구하고 기분이 좋아졌다.

게다가…… 레벨도 무려 2나 상승했다.

"봤냐?"

"어."

"칭호랑 경험치가 진짜 대박이다. 그리고 공개할 거야?"

"아, 던전 클리어 순위? 뭐, 숨길 필요는 없겠지."

"그치? 올려두면 보상도 받는다고 하니까."

"오빠, 나도 한다?"

"그래."

세 사람 모두 YES를 선택했다.

[고대 던전(악몽의 길) 클리어 순위에 이름을 남깁니다.]

[명성(3,000)을 추가적으로 획득합니다.]

[공동 1위에 이름을 올립니다.]

[1위 보상 상자를 획득합니다.]

홀로그램과 함께 상자 하나가 눈앞에 생겨났다.

"뭔지 볼까?"
"아, 잠깐만!"
성민우가 인벤토리에서 또 다른 상자를 꺼냈다. 단환처럼 생긴 것들을 하나씩 나눴다.
"음?"
만져 보니 단약이 아니었다.
"향도 없고. 단약은 아닌 거 같은데?"
"어, 그러네."
"알인가? 뭐지?"
과연 이 둥그런 것은 무엇이고 또 어떤 옵션을 지니고 있을까. 기대감을 숨기지 못한 채 서둘러 확인했다.

[???]
둥그런 형태의 무엇?

이름은 물음표였고 설명은 참으로 허술했다.
"뭐야, 이게……?"
"물음표네."
성민우와 예린은 실망한 표정이었지만 무혁은 아니었다.
일루전에서 물음표가 지니는 가치는 생각 외로 높다. 나중에는 오히려 이런 아이템을 도박성 아이템이라고 부르면서 상당히 높은 가격으로 판매되기도 하니까. 복불복이랄까.
하지만 고대 던전에서 나온 물건이니 절대로 불복은 아니리

라. 이 둥그런 것을 인벤토리에 넣고 1위 보상으로 얻은 상자를 열었다.

"지도?"

무혁의 입에서 나온 목소리였다.

"나도 지도야."

"나두."

세 사람 모두 보상이 지도였다.

지도, 지도라.

자세하게 보니 지도마다 표시된 곳이 한 개씩 있었다.

"보물 지도라도 되나?"

"어, 그럼 대박이겠다."

"설마."

그런 걸 이렇게 알아보기 쉽게 표시해 뒀을까 싶은 의구심이 먼저 들었다. 고개를 갸웃거리던 무혁은 이내 지도를 반으로 접은 후 인벤토리에 넣었다.

"뭐, 나중에 가 보면 알겠지."

당장 쓸 만한 것은 아니었지만 분명 무언가가 있으리라고 여겼다. 그것만으로도 세 사람은 만족스러운 표정이었다.

기대감이란 그런 것이었으니까.

사실 던전 내부 보너스 스테이지에서 얻은 스탯이라든가, 보부상에게서 구입한 물약 덕분에 지금처럼 여유로울 수 있는 거겠지만 말이다.

"아, 근데 좀 피곤하다."

아이템까지 확인을 마쳐서일까.

차올랐던 고양감이 가라앉으면서 피로가 몰려왔다.

"오늘은 쉬자."

"좋은 생각이야, 친구."

"오빠, 그럼 나 먼저 나갈게."

"그래, 쉬어."

"응!"

예린이 로그아웃하고 성민우가 따라서 나가려는 순간 무혁이 그를 불렀다.

"아, 잠깐만."

"왜?"

"고대 던전 팔아야지."

"어?"

"이대로 둘 거야?"

"그건 아닌데."

"네가 발견한 거잖아. 팔면 꽤 짭짤할 거야."

"으음."

성민우는 뭔가 미안한 표정이었다. 잠깐 고민하더니 결론을 내렸는지 단호한 표정으로 이야기를 꺼냈다.

"같이 팔자. 반반으로 나누고."

"됐어. 내가 왜."

"지금까지 나 도와줬잖아."

무혁은 고개를 저었다.

"나도 예전에 발견했던 던전 내가 알아서 다 팔았어. 너랑 안 나눴었고."

"미친. 그것까지 나눴으면 완전 쓰레기지, 내가."

"아, 그런가. 크큭."

"아무튼 네가 이런 건 또 잘 알잖냐. 최대한 비싸게 팔아줘. 대신 오 대 오로 나누고."

"아니, 그러니까 내가 왜……."

"그런 걸로 알고 간다!"

"어, 야! 잠깐……!"

불렀지만 성민우는 손을 흔들면서 사라졌다.

"하아, 이 자식."

어이가 없으면서도 한편으로는 괜히 미소가 떠올랐다.

"참, 나."

이내 고개를 젓는데 문득 한 가지가 떠올랐다.

아, 2레벨이 올랐지? 그럼 랭킹은?

궁금해져서 서둘러 순위를 확인해 봤다.

7위. 무혁(네크로맨서 153Lv)

8위. 강철주먹(정령 파이터 153Lv)

9위. 예린(강화 조련사 153Lv)

결국 한 자릿수를 달성하고야 말았다.

"이걸 안 보고 갔네."

나가면 문자로 알려줘야겠다고 생각하며 로그아웃을 했다.

다음 날 아침 운동을 마치고 집으로 돌아와 노트북을 켰다. 일루전 홈페이지에 접속하려다가 그전에 메일함부터 살펴보기로 했다. 메일이 엄청나게 쌓여 있었다.

한동안 안 봤으니까.

[제목 :세상에서 가장 야한 사이트……]

19금 광고가 가장 위에 있었다.

"아, 놔."

전부 삭제할까 싶었지만 혹시라도 중요한 게 있을지도 몰라서 그러진 않았다. 대신 제목만 봐도 광고로 보이는 건 넘겼고 아닐 것 같은 것만 클릭해서 확인했다.

[내용 : 반갑습니다. 저는 프로그램 '일루전을 위하여'를 책임지고 있는 이선우 PD입니다. 이렇게 메일을 보낸 것은 다름이 아니고……]

그러다 방송국에서 온 메일을 발견했다.

일루전을 위하여?

KTB 방송국 프로그램 중에서 가장 시청률이 높은 것으로 알고 있었다.

가끔 보니까, 나도.

메일을 천천히 읽어 나갔다.

[……최강자 토너먼트에서도 우승을 하셨고, 또 요즘 들어 가파르게 랭킹을 올리고 있는 것으로 알고 있습니다. 해서 한 번이라도 좋으니 저희 프로그램에 모시고 싶어 메일을…….]

연락처도 남겨놓은 상태였다.
"흐음."
일단은 보류해놓고 다른 메일을 살폈다.
"어?"
그러다 의외의 것을 발견했다.

[제목 : 반갑습니다. 주식회사 일루전입니다.]

일루전 기업에서 온 메일이었다.

[내용 : 최근 많은 사람이 일루전을 즐기는 유저의 동향을 알고 싶어 합니다. 특히 이슈를 불러일으키는 상위 랭커는 더욱 그렇습니다. 그 고충을 헤아려 저희는 많은 고민 끝에 개인방송 '일루전 TV'를 개설하기로 마음을 먹었습니다. 해서…….]

무혁의 표정이 찌푸려졌다.
"일루전 TV."

예전 아프리카 TV처럼 개인 방송을 위한 사이트였다.

오직 일루전만 방송한다는 게 다르지만.

문제는 일루전 TV는 본래 오픈하고 5년이 지난 후에야 개설된다는 점이었다. 이렇게 빨리 오픈할 줄은 몰랐다.

돈이 되기는 하는데…….

아니, 돈이 되도 너무 된다는 게 오히려 문제랄까. 랭커가 아니더라도 무수한 유저가 일루전 TV에서 개인 방송을 하게 되고 또 그로 인해 부수입을 올리곤 했으니까.

"으음."

돈이야 많을수록 좋지만 고민하는 이유는 하나였다.

성격.

보다 재밌고 유쾌하고 또 치열함을 방송에 담아내어야 하는데 무혁은 그런 인위적인 것이 싫었고 또 시청자들을 즐겁게 해주기 위해 비위를 맞추는 것도 싫었다.

무엇보다도 귀찮아.

지금도 돈은 충분히 벌고 있었다.

일단은 패스.

그때 휴대폰이 울렸다.

"어, 누나."

-요즘 집에도 안 오고 뭐 해?

"아아, 미안."

-오늘 저녁에 아빠가 오래.

"아버지가?"

-응.

"알겠어. 저녁에 갈게."

-그래, 끊는다!

전화를 끊은 무혁은 다시 메일을 확인했다.

뭐, 별건 없네.

방송 출연이나 일루전 TV에 참여하는 건 고민에 고민을 거듭해 봐야 할 문제였기에 당장 답변을 줄 수는 없었다.

나머진 다 삭제.

이후 일루전 홈페이지를 슬쩍 둘러봤다.

고대 던전은 어쩌지. 이번에도 게시판을 이용해서 팔아야 할까, 싶었는데 문득 한 가지가 떠올랐다.

아, 가능할지도.

떠오른 김에 바로 실행으로 옮기기로 했다.

먼저 연락부터 하고.

성민우와 예린에게 차례대로 전화를 걸었다.

-으, 아침부터 뭐냐.

"접속해 봐. 바로 헤밀 제국으로 가게."

-먼저 가면 되잖…….

"그래? 진짜?"

-아니, 접속해야지. 그럼.

무혁이 피식하고 웃었다.

"걸어서 가면 며칠은 걸린다. 알지?"

-그럼, 그럼. 잘 알지. 바로 접속한다니까.

"그래, 5분 안으로 와라."
-오케이.
다음으로 예린에게 전화를 걸었다.
-응, 오빠!
일찍 일어났는지 밝은 목소리였다.
"지금 접속 돼?"
-응, 방금 아침도 다 먹어서 괜찮아.
"그럼 접속해서 헤밀 제국에 가자. 거기서 잠깐 따로 움직이고."
-알겠어, 접속할게!
통화를 끊고 무혁도 일루전에 접속했다.

[새로운 세상에 오신 것을 환영합니다.]

잠깐 기다리니 예린이 접속했다.
"왔어?"
"응, 민우 오빠는?"
"아직."
"헤헤."
예린이 미소를 지으며 오더니 갑작스럽게 입을 맞췄다.
"모닝 키스."
부드러운 감촉에 정신이 몽롱해졌다.
"이리 와."
그것만으로는 부족했기에 무혁은 그녀를 강하게 끌어안고

한 번 더 입을 맞췄다. 하필이면 그때 성민우가 나타났다. 서둘러 아무 일도 없었다는 척 연기를 했지만 늦어버렸다.

"어, 난 아무것도 못 봤다."

"그러냐."

"그래, 그러니까 다음부턴 공공장소에선 예의 좀."

"크크, 미안, 미안."

"아, 창피해……."

무혁은 얼굴을 붉히는 예린의 머리를 쓰다듬었다.

"그럼 갈까?"

"빨리 가자. 난 도착하면 다시 잠이나 좀 자야겠다."

"그래라."

세 사람은 군마를 타고 헤밀 제국으로 향했다. 헤밀 제국에 도착하자마자 성민우는 로그아웃을 했다.

"나, 피곤해. 간다……."

"그래, 더 자라."

성민우가 나가고 예린이 물어왔다.

"오빠는 뭐 하려구?"

"어, 고대 던전 팔아야 돼서."

"고대 던전을?"

"응, 민우가 발견했는데 대신 좀 팔아달라네."

"아아, 그렇구나. 그럼 나도 퀘스트나 깨고 있을게."

"그럴래?"

"응!"

"그래, 그리고 이번 주말에 놀러 갈게."

"알겠어, 헤헤."

예린이 떠나고 무혁은 곧바로 성내로 진입할 수 있는 출입문으로 향했다. 줄이 상당히 길었지만 이제는 딱히 기다릴 필요가 없었다. 그들을 지나쳐 경비원에게 다가가니 그들이 창을 내밀면서 가로막았다.

"줄을 서셔야 합니다."

품에서 명패를 꺼내어 보여주자 경비원의 눈이 커졌다.

"아, 죄송합니다."

"괜찮아요."

"거기, 신입!"

"예!"

신입이라 불린 경비원이 다가왔다.

"여기 잘 맡고 있어라, 잠깐 다녀올 테니까."

"알겠습니다."

"가시죠."

선임 경비원과 함께 성내로 들어갔다.

"참, 그런데 어디로 가시는지……?"

"아뮤르 공작님 저택으로 가죠."

"아, 아뮤르 공작님이요?"

"네."

아뮤르 공작. 이곳 헤밀 제국에서 황제를 제외한다면 권력의 정점에 있는 유일한 존재였다. 그런 존재를 만나러 간다고 하니 무혁이 새롭게 보이는 모양이었다. 경비원은 긴장한 표정을 숨기지 못한 채 조심스러운 태도로 일관했다.

꽤 깊이 들어왔다는 생각이 들 즈음.

"다 왔습니다."

"아, 여기군요."

상당히 거대한 저택이었다.

그 앞에서 경계를 하고 있는 기사에게 다가갔다.

"아뮤르 공작님을 뵈러 온 손님이십니다."

"손님?"

"네. 어, 이름이……."

경비원이 돌아보면서 물어왔다.

무혁이 웃으며 대답했다.

"무혁이라고 하면 아실 겁니다."

"아, 무혁 님."

반응을 한 쪽은 기사였다.

"공작님께서 기다리고 계십니다."

"그래요?"

"네, 예전부터 당부를 해왔습니다. 무혁 님이 오시면 절대 실수하지 말라고 말이죠."

"괜히 부담되네요."

그렇게까지 할 필요는 없는 일인데 말이다.

뭘 원하는 걸까.

아뮤르 공작은 대회에서 우승한 무혁을 대우해 주고 있다.

그럼 당연히 원하는 게 있다는 소리인데 그게 뭔지 아직까지는 알 수가 없었다.

“안내해 줘서 고마웠습니다.”

“아, 네! 살펴 가십시오!”

아뮤르 공작이 무혁을 반겼다.

“먼저 이렇게 찾아오니 기분이 좋군.”

“감사합니다.”

“그래, 내게 부탁할 거라도 있나?”

“너무 티가 났나 보군요.”

“하하, 물론이지. 이유 없이 찾아오진 않을 테니까. 그래도 괜찮네. 나 역시 자네를 이유 없이 아끼는 건 아니니.”

“그 이유가 뭔지 알 수 있을까요?”

“때가 된다면.”

지금은 때가 아니란 소리였다.

“지금은 자네의 말을 듣도록 하지. 무슨 일이라도 있나?”

“부탁을 드리려고 합니다.”

“부탁이라. 어떤 거지?”

“실은 제가 얼마 전에 던전 하나를 발견했습니다.”

“호오, 던전. 좋지.”

“꽤 등급이 높습니다.”

“던전이야 예로부터 발굴을 꽤 했었으니 그에 대해선 잘 알고 있다네. 어떤 등급인가.”

무혁이 부드럽게 웃었다.

"고대입니다."

순간 아뮤르 공작의 미간이 꿈틀거렸다.

"고대……?"

"예."

"정말 고대 등급의 던전이라고?"

"그렇습니다."

"허어."

쉽게 믿기 어려우리라.

"고대 등급이라. 사실 바로 믿을 순 없군. 나도 지금까지 고대 등급의 던전은 몇 번 본 적이 없으니까 말일세."

"그럴 거라 생각했습니다."

"게다가 이런 정보를 그냥 알려주다니……."

아뮤르 공작은 이해할 수 없다는 표정이었다.

사실 처음엔 고민했었다, 말을 해도 될지.

그가 부탁을 거절한다면? 던전을 차지하려 한다면?

이내 고개를 저었다. 공작이 아닌가.

겨우 던전 하나에 그리 크게 집착하진 않으리라 여겼다.

귀족의 정점에 위치한 자. 그렇기에 오히려 더 행실에 신경을 써야 할 것이다. 조금이라도 흠이 나면 주변에서 물어뜯을 테니까.

그 부분을 믿고 있었다.

"공작님을 믿을 뿐입니다."

"뭐, 빈말이라도 기분은 좋군. 그래서 그 고대 던전과 관련해서 뭘 부탁하려는 건가?"

"위치에 대한 정보를 판매할 생각입니다."

"내게 부탁한 것을 보면 아무래도 비공개 경매겠군."

"맞습니다."

"흐음."

납득한 듯 고개를 끄덕이던 공작이 이내 의문을 품었다.

"잠깐. 자네 설마……?"

정말 눈치가 빠른 작자였다.

"몇 명이서?"

"저까지 세 명이었습니다."

아뮤르 공작의 눈동자가 흔들렸다.

"세 명? 정말인가? 허허……."

헛웃음을 그친 그가 말을 이어갔다.

"자넨, 아무래도 생각보다 대단한 재능을 지녔군."

"아닙니다."

"그럼 이방인의 재능이 내 예상을 뛰어넘는 것일지도."

그리곤 고민하는 표정을 지었다.

"으음, 조금 이른 감이 있지만 고대 던전을 세 명이서 깨뜨렸다고 하니 나도 한 가지 부탁을 하지. 아니, 부탁이라기보다는 합당한 보상을 제시할 테니 의뢰를 맡아주면 좋겠군. 물론 고대 던전을 판매하기 위한 비공개 경매에서도 힘을 써주도록 하겠네."

"감사합니다. 그보다, 의뢰를 원하신다고요?"

"그렇다네."

의뢰라면 거절할 이유가 없었다.

고대 던전 부탁도 들어주고 거기에 보상까지 준다면야 더더욱.

"좋습니다."

"거래는 성사되었군. 그럼 의뢰를 주도록 하지."

아뮤르 공작은 차 한 잔을 마셨다.

"이방인들이 배울 수 있는 마법은 여러 가지가 있겠지만 한 가지, 절대 배울 수 없는 것이 있다네. 뭔지 알겠나?"

"흑마법이군요."

"왜 배울 수 없다고 생각하나?"

"음, 글쎄요. 관련 길드가 없어서일까요?"

"비슷하군. 정확하게 말하자면 흑마법을 배운 자는 전 대륙의 공적이 되기 때문이네. 예전 흑마법을 배운 자들이 마왕을 소환하여 대륙에 큰 피해를 입혔던 적이 있었거든."

이야기가 심상치 않았다. 무혁은 미간을 찌푸렸다.

뭐야, 이 상황은…….

"그 사건으로 인해서 모든 흑마법사는 역사의 뒤안길로 사라졌지. 도망간 자들 역시 찾아내어 죽였고. 어디에 있더라도 대륙인 전원의 눈을 피할 순 없었으니까."

이 스토리의 내용을 알고 있었기 때문이다.

이건 에피소드1이잖아!

물론 공작의 앞에서 감정을 드러낼 순 없었다. 그것보다는 시기를 떠올려 봤다. 서너 달 정도의 차이가 있었다.

조금 이르긴 하지만 큰 차이는 아닌가?

아니, 그 정도면 크다고 봐야 할지도 몰랐다. 아무튼 지금 당장은 아뮤르 공작의 이야기를 듣는 수밖에 없었다.

"얼마 전까지만 해도 그렇게 믿고 있었다네."

"믿고 있었다는 건……?"

"지금은 아니라는 이야기지. 아직도 흑마법사는 살아 있어. 어둠, 그 깊은 곳에 말이야."

"아……!"

"흔적도 발견했지."

아뮤르 공작이 지도를 하나 꺼냈다.

"여기에 연구소가 있더군."

1차 발생지군.

"키메라 연구를 하고 있던 공간이었어. 그것도 어둠의 힘을 이용해서 말이야. 어둠의 힘을 이용하면 일반적인 몬스터도 아주 강대해진다네. 녀석은 그 힘으로 키메라 다수를 만들어 내어 대륙을 정복할 생각인 거지."

뒤이어 낡은 책을 보여줬다.

"기록장일세."

[나는 마지막 남은 흑마법사다. 마신께 받은 이 힘을 이용하여 나만의 수족을 만들리라. 그리고 대륙의 모든 것들을 파괴하리라. 오직 그것만을 위해서…….]

여러 장을 넘겼다.

[어둠의 힘은 이미 존재하는 몬스터에게도 통했다. 녀석들에게 사용한 결과 본래보다 더 강대해졌으며…….]

어, 이건…….
그 순간 메시지 하나가 떠올랐다.

[퀘스트 '몰려드는 어둠'이 갱신됩니다.]

[몰려드는 어둠]
[예로부터 네크로맨서는 음지에서 활동하며 백마법사들의 멸시와 조롱을 받았다. 그러한 것들을 참지 못하고 뛰쳐나온 조폭 네크로맨서의 창시자는 백마법사들 사이에 어둠이 끼어 있음을 우연히 발견…….
1. 오염된 던전. 그곳에 있는 변종 리자드맨 나이트가 어둠에 물들어 있음을 확인했다.
2. 오염된 유니크 던전. 그곳에 있는 다크나이트가 어둠에 물들었음을 확인했다.
3. 파판 부족의 건물 아래. 수상한 장소에서 어둠을 작업했던 흔적을 발견했다.
4. 흑마법사가 어둠에 연관되어 있음을 알아냈다.]
[성공할 경우 : ?]

[실패할 경우 : 직업의 박탈]
[실패의 여부는 훗날 판단]

문득 실소가 터졌다.
이게 이렇게 이어지나?
대부분은 알고 있던 내용이었지만 모르고 있던 정보도 분명히 있었다. 지금 당장만 봐도 그랬다. 변종 몬스터라고만 여겼던 그 검은색 피부의 녀석들이 설마 흑마법사과 연관이 있을 줄은 몰랐던 것이다.
"당황스럽겠지."
"네, 조금……."
"그는 위험하다네. 단순히 어둠의 힘을 사용해 키메라를 제작한다거나 몬스터를 변종으로 만들어버리는 것만으로 그런 판단을 내리는 건 아닐세. 만약 그가 고위 마족을 소환하기라도 한다면……."
생각만으로도 끔찍한 모양인지 고개를 털어내는 아뮤르 공작이었다.
"이 사실을 다수가 알게 된다면 어떨 것 같나?"
"혼란이 일어나겠죠."
"그래서 자네에게만 부탁하는 것이네. 물론 언젠가는 밝혀야겠지만 지금은 너무 이르다는 게 나와 각 제국, 왕국의 지도자들 생각일세. 이렇게 자네에게 말하는 것도 잘하는 짓인지 모르겠군. 부디 비밀은 꼭 지켜주게."

"물론입니다."

"좋아. 자네는 흑마법사의 위치와 관련이 있는 아주 작은 정보만이라도 찾아봐 주면 되네. 이 지도와 거기서 나온 물건을 모두 보여주도록 하겠네."

그제야 퀘스트가 떠올랐다.

[퀘스트 흑마법사의 위치]

[아뮤르 공작은 흑마법사가 대륙을 피로 물들이려는 것을 두려워하고 있다. 이방인들이 성장하기 전에 사건이 벌어진다면 감당할 수 없을 가능성이 높기에 미리 흑마법사의 위치를 찾고자 한다. 그와 관련된 단서를 찾아라.]

"알겠습니다."

"고맙군. 고대 던전은 조금도 걱정하지 않아도 되네."

"감사합니다."

무혁은 1차 연구소에서 나온 것들을 하나씩 확인했다. 2차 연구소에 대한 힌트가 있기는 한데 이걸 제대로 알아내려면 또 상당한 시간이 걸릴 것이다. 차라리 바로 마지막 연구소로 가는 게 나을 것 같았다.

"그럼 이제 던전 경매에 관해서 이야기를 해볼까?"

"네."

아뮤르 공작은 생각보다 행동력이 넘쳤다.

"일단 위치와 고대 던전이 맞는지부터 확인해야겠군. 그리고 진짜라는 가정하에 움직이도록 하겠네. 해서 오늘 해질녘 정도면 비공개 경매가 시작될 것이네."

"오늘 말입니까?"

"왜 그러나?"

"그렇게 빨리 가능할 줄은 몰라서요."

"하하, 이 친구. 그 정도야 간단하지. 그럼 조금 후에 성내 입구에서 보도록 하세."

"알겠습니다."

충분히 대화를 마치고 무혁은 저택을 벗어났다. 해질녘까지 시간을 보내야 했는데 딱히 할 일이 없었다. 고민하다가 강지연에게 전화를 걸었다.

"어, 누나."

-왜?

"저녁에 오라고 했잖아. 그때 시간이 좀 애매해져서. 지금 갈까 싶은데."

-어, 잠깐만. 아빠!

꽤나 시끄러운 소리가 잠깐 들리고.

-괜찮대. 와.

"어, 점심시간에 맞춰서 갈게."

-응! 끊어!

딩동! 스피커폰에서 목소리가 들려왔다.

-누구세요?

"엄마, 나."

-어이구, 이제 왔어?

"응, 문 열어줘."

-그래, 그래.

문을 열고 안으로 들어가니 거실에 앉아 있는 아버지와 누나가 보였다.

"저 왔어요."

"왔냐?"

"크흠, 그래. 할 말이 있어서 오라고 했다."

누나의 말을 무시한 채 아버지를 쳐다봤다. 자연스럽게 빈 자리에 자리를 잡고 앉자 그가 몇 가지를 물어왔다.

"회사 그만둔 지도 꽤 되었지?"

"그렇죠."

"일루전도 집에서 할 거고."

"맞아요. 집에서 하죠."

"그럼 집으로 들어와라."

"네?"

"예전에야 회사 때문에 독립한 거지만 지금은 이유가 없잖아. 너희 엄마도 매일 너 보고 싶다고 잔소리를 해대니 듣기도 귀찮다."

갑작스러운 말이었다.

"으음."

"바로 정하라고 하진 않으마."

"아, 네."

그때 듣고 있던 어머니가 끼어들었다.

"혁아."

"응?"

"어차피 결혼하면 독립할 거잖아."

"그래야지."

"그때까지라도 같이 지내면 좋지 않겠어?"

어머니가 이렇게 말하니 거절할 수가 없었다.

예린이는…… 괜찮겠지.

거리가 멀어서 사실 주말 데이트만 하는 셈이라 아직 예린이를 집에 초대한 적도 없었고 일루전에서 매일 보고 있었기에 어디에서 지내는지는 크게 중요하지 않다고 여겼다.

게다가 무혁도 혼자 지내는 게 조금 외롭기는 했다. 평소에는 괜찮지만 잠을 잘 때나 혹은 잠에서 깨어났을 때, 고요한 적막감이 깃드는 공간이 쓸쓸했다.

"알았어."

"어머, 정말 들어오는 거니?"

"오라면서."

"이렇게 쉽게 대답할 줄은 몰랐지."

"근데 이 얘기 하려고 부른 거야?"

"그럼!"

뭐, 나야 좋지.

어머니가 밥도 다 챙겨줄 것이고 월세나 공과금도 아낄 수 있을 테니까.

"시간 나면 바로 짐 옮길게."

"그래그래, 엄마가 점심 맛있게 해줄게."

"응."

잠깐 기다리니 점심이 차려졌다.

"다들 와서 점심 먹어요!"

모두들 부엌에 있는 식탁에 앉았다.

"우와아아아!"

강지연이 탄성을 내질렀다.

"역시 네가 와야 이렇게 먹는다니까."

"그래?"

"어, 그러니까 빨리 들어와."

"알았어."

"크흠, 먹자."

"잘 먹겠습니다."

뜨끈한 밥 한 숟가락에 각종 반찬.

크으, 이 맛이지.

언제나 어머니가 해주는 밥은 맛있었다.

"엄마, 한 그릇 더."

"오냐."

두 그릇도 뚝딱 비워 버렸다.

"아들 한 그릇 더 먹어."

"어? 괜찮은데."

"먹어, 자."

"어어."

얼떨결에 세 그릇을 먹게 되었다.

으아, 배 터지겠다.

불러온 배를 두드리며 포만감에 행복한 미소를 그렸다.

시간을 보내고 집으로 돌아온 무혁은 곧바로 일루전에 접속했다. 5시가 넘은 상태라 조금만 있으면 해가 떨어지기 때문이었다. 성내 출입구 근처로 향하니 근처를 서성이던 기사 두 명이 다가왔다.

"무혁 님?"

"네?"

"아뮤르 공작님께서 기다리고 계십니다."

"아, 벌써요?"

"네, 이쪽으로."

기사 한 명은 서둘러 먼저 들어갔고 남은 기사 한 명과 무혁은 여유롭게 성내를 통과해서 저택가를 거닐었다.

얼마 가지 않아 저 멀리서 다가오는 아뮤르 공작을 발견했다. 기사 아홉 명에게 호위를 받고 있는 상태였는데 그것만으로도 다가가기가 꺼려질 정도의 위압감이 있었다.

충분히 거리가 좁혀지고.

"기다리고 있었네."

"조금 늦었나 봅니다."

"아닐세. 딱 적당하군."

"그보다 확인은 하셨습니까?"

"물론이지. 고대 던전이 맞더군. 사실 많이 놀랐다네."

아뮤르 공작과 이런저런 이야기를 나누며 성외로 나섰다. 기사 10명을 대동한 상태인지라 시선을 끌기에 부족함이 없었다.

"와, 기사야?"

"호위받고 있나 본데."

"누구지?"

"귀족이겠지, 멍청아."

"저 사람은 유저 같은데……."

"유저는 무슨."

"아냐, 낯이 익다니까?"

"헛소리 말고 가자."

"진짠데……."

무혁은 속으로 웃으며 그들을 지나쳤다. 그리고 중앙 광장 뒤쪽에 있는 포탈로 향했다. 줄을 선 그들을 지나쳐 곧바로 포탈을 사용하여 외딴 마을로 들어섰다.

"지금부턴 이 가면을 쓰시면 됩니다."

"아, 네."

무혁은 투구를 벗고 가면을 착용했다.

흐음, 갑옷도 바꿔야겠네.

너무 눈에 띄는 차림새라 적당한 것으로 교체했다.

괜찮네.

그 마을에서 말을 빌린 후 다시 이동했다.

대략 15분을 지나자 넓은 초원이 나타났는데 풀은 썩어서 죽어 있었고 어둠이 내려앉아 스산함이 배가 되었다. 그러다 어울리지 않는 거대한 건물 하나를 발견할 수 있었다.

"여길세."

"아……."

비공개 경매가 이뤄지는 장소였다.

꽤 철저한데.

가까이 다가가니 두 명의 사내가 입구를 지키고 있었다.

아뮤르 공작이 명패를 보여주자 두 사람은 고개를 숙이며 길을 비켰다. 입구에서 길을 몇 번이나 꺾어서 들어갔다.

"여깁니다."

끼이익.

내부로 들어서자 투명한 유리 너머가 보였다.

"이건……?"

"밖에선 이곳을 볼 수 없으니 걱정하지 않으셔도 됩니다."

"아아."

무혁은 자리를 잡고 앉아 있는 다수의 사람들을 눈에 담았다. 귀족으로 보이는 NPC도 꽤 있었고 유저로 보이는 이도 상당했다.

무혁은 아뮤르 공작을 쳐다보며 물었다.

"이방인도 있나요?"

"물론이지. 자금이 충분한 길드에도 정보를 흘렸으니까."

절로 고개가 끄덕여졌다.

제대로군.

"그럼 지켜볼까."

"좋죠."

무혁은 의자에 앉아 여유롭게 경매를 구경했다.

to be continued

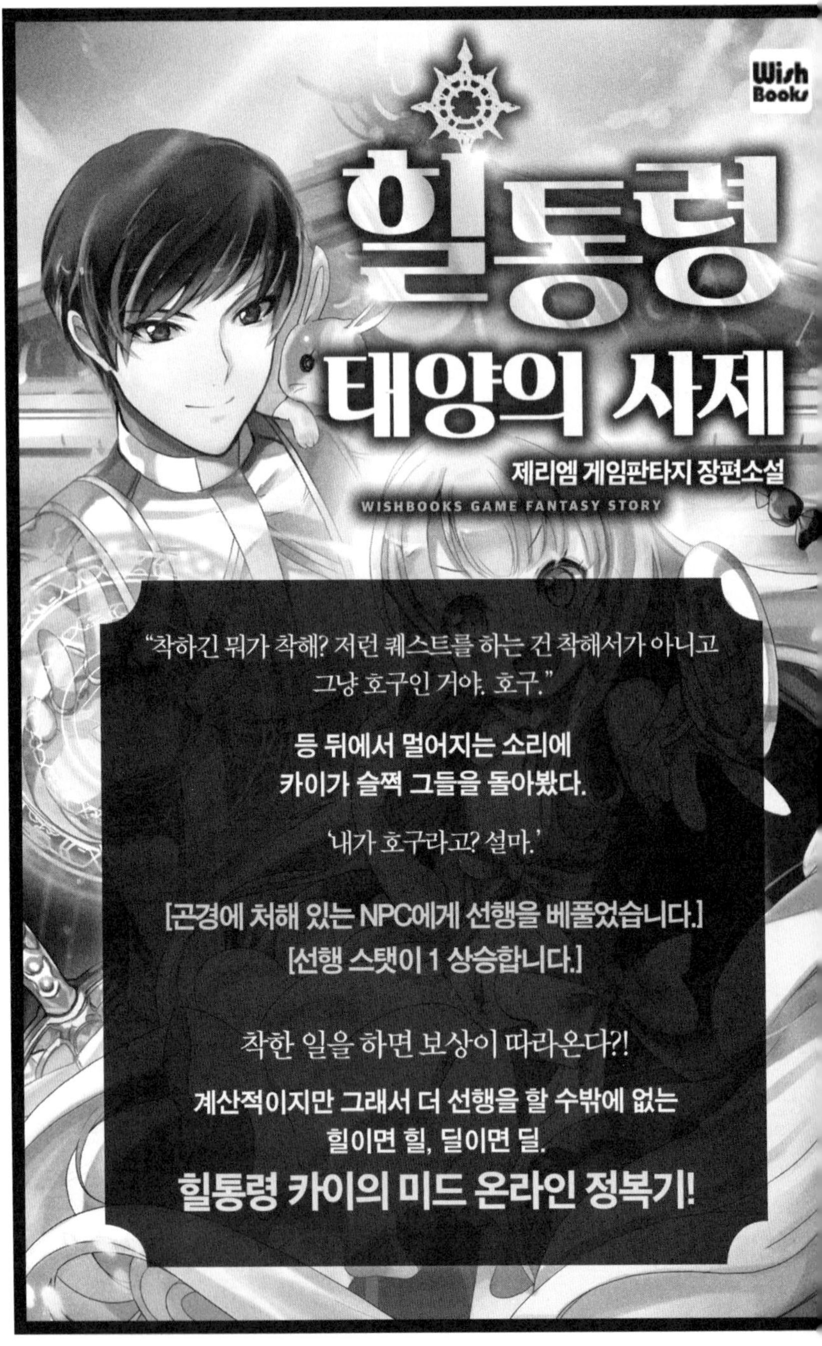
Wish Books
힐통령
태양의 사제
제리엠 게임판타지 장편소설
WISHBOOKS GAME FANTASY STORY
"착하긴 뭐가 착해? 저런 퀘스트를 하는 건 착해서가 아니고
그냥 호구인 거야. 호구."
등 뒤에서 멀어지는 소리에
카이가 슬쩍 그들을 돌아봤다.
'내가 호구라고? 설마.'
[곤경에 처해 있는 NPC에게 선행을 베풀었습니다.]
[선행 스탯이 1 상승합니다.]
착한 일을 하면 보상이 따라온다?!
계산적이지만 그래서 더 선행을 할 수밖에 없는
힐이면 힐, 딜이면 딜.
힐통령 카이의 미드 온라인 정복기!